잠깐,
하던 일 멈추고 함께 걸어요

정재흠

아빠,
산책할
시간
이에요.

아빠, 산책할 시간이에요.

정재흠 에세이

행복과 불행은
언제나 우리 곁을 맴도는 반려와 같습니다.

그러나 마음의 감각 속에서
불행이 늘 한층 거센 파도로 밀려옵니다.

그 불쾌 바구니를,
어떤 태도로 맞이하느냐에 따라
숨죽이던 행복이 문득 고개를 들고

그 순간,
세상에서 가장 부드러운 시간이
조용히 펼쳐지기도 합니다.

#프롤로그 포토
PROLOGUE PHOTO
봄

＃ 프롤로그 포토
PROLOGUE PHOTO
여름
＃ 프롤로그 포토
PROLOGUE PHOTO

#프롤로그 포토
PROLOGUE PHOTO
가을
PROLOGUE PHOTO
가을

#풍경 그 포토
PROLOGUE PHOTO
겨울

웃음기를 잃어버린 당신에게

요새, 반려동물과 가족으로 지내는 사람들이 무척 늘고 있습니다. 나 역시 반려동물로 6kg 정도의 강아지와 함께 지낸지도 10여 년이 지나갑니다.

이 강아지와 산책을 다닐 땐, 나는 자주 녀석이 세상을 느끼는 방식이 인간인 나와 얼마나 다른지 느끼곤 합니다. 아마 원초적 감정과 행동의 세계에서 한 발짝도 벗어나지 않은 채, 녀석이 마치 인간으로 치면 갓난아기의 마음에 머물러 있는 듯한 순진함 때문일 것입니다.

녀석은 겸손도 배려도 전혀 모릅니다. 그저 자신의 욕구에 충실할 뿐이며, 영혼의 사색이나 정신적 판단 같은 것은 기대할 수도 없습니다.

그런데 아이러니하게도, 이런 '미숙한 존재'에게 내가 유독 배우고 싶은 것이 하나 있습니다. 바로 꼬리를 쉬지 않고 흔들며 설렘을 온몸으로 표현하는, 그 밝고 긍정적인 마음입니다. 인간으로 치자면, 이유도 없이 깔깔 웃음을 터뜨리던 유년시기의 우리와 비슷한 모습입니다.

우리도 한때는 그랬습니다. 유아기와 사춘기를 지나 청춘의 어느 시절까지는 사소한 일에도 쉽게 웃음을 흘렸고, 그 웃음이 별안간 찾아왔다가 오래 머물러 있곤 했습니다. 그러나 교육을 받고 사회에 발을 딛고 '철이 든다.'는 말을 듣기 시작한 이후부터, 우리의 웃음은 서서히 자취를 감췄습니다. 생각은 깊어졌으나, 그 깊이만큼 행복의 빈도는 조용히 뒤로 멀어져 갔습니다.

이 책은 강아지와 함께한 자연 숲의 풍경 속에서 우리의 행복과 불행에 대해 그때그때 적어둔 산책 노트를, 여러 언론에 연재했던 마흔여덟 꼭지의 이야기로 엮은 산책 에세이입니다. 글의 첫 문장은 대부분 강아지의 작은 행동에서 시작되었고, 그 소소한 파문은 어느새 인간의 정신과 마음의 문제로까지 번져갔습니다.

그렇게 걷고 생각하고 노트에 필기하는 동안, 인간에게는 왜 불행은 가까이에 있고 행복은 멀리 있게 보이는지도 어렴풋이 깨닫게 되었습니다. 생각이 깊어질수록 행복은 찰나처럼 스쳐가고, 불행은 묘하게 우리를 오래 붙잡아둔다는 점도.

그런 점에서, 이 산책 노트를 읽는 독자들에게 바라는 것이 있습니다. 살아가면서 불행 앞에서는 한층 현명해지는 지혜를 얻고, 기쁨이라는 쾌 바구니는 정성스레 가꾸는 계기가 되기를 바란다는 것입니다. 더 나아가 '행복 근육'을 단단히 길러 강아지처럼 하루 중 여러 순간에 삶을 긍정하는 작은 진동이 회복되기를 바래봅니다.

그리하여 우리가 잃어버렸다고 생각했던 웃음—감정의 회복 탄력성—을 스스로의 삶 속에서 소환해낼 수 있기를 진심으로 기원합니다.

흰 눈이 그려놓은 평화로운 설경 속에서

정재흠

차례

제1장

평온함

산책 노트

평온함

멍 때릴 땐 바보같이 보여도 좋다

반려견, 조이 녀석이 공원 산길에서 새소리를 듣고 풀과 나무가 내뿜는 향기를 맡으며 즐거운 시간을 보내는 데는 고작 한 시간 남짓이 소요된다. 그 시간을 제외하면 녀석은 대부분 집 안에서 조용히 보내는 편이다. 녀석은 가끔 집안 이곳저곳을 뒤지며 뛰어 돌아다니기도 하지만 많은 시간을 혼자 평온히 보낸다. 잠도 참 많이 잔다. 드러눕거나 옆으로 몸을 말고 수면에 빠지곤 한다.

녀석이 거실이나 소파에 엎드려 웅크린 채 휴식시간을 보낸 경우도 적지 않다. 어찌 보면 명상을 취하는 자세인 것도 같고 또 어떻게 보면 아무 생각 없이, 멍 때리는 시간을 갖는 자세인 것도 같다. 녀석이 설마 명상을 하리라고는 생각하지 않지만 말이다.

그런데 그 멍하니 있는 시간을 지켜보고 있으면, 문득 나 자신의 하루를 되돌아보게 된다. 생각의 공백상태, 즉 아무 것도 하지 않는 시간 한 조각이 나의 하루 일과 어딘가에 끼어 있는지 살펴보게 한다.

멍 때림이 없다면 인생은 하나의 오류다.

나는 멍 때림의 시간을 종종 놓친 채 살아간다. 가만히 있어도 뭔가를 계속 생각하는 나를 발견한다. 멍 때린 것 같지만 내 머리에는 온갖 생각이 들어있고 또 그 생각은 꼬리를 물고 달린다. 나 같은 이런 습관을 가리켜 알베르 카뮈는, ^잡생각하기 시작한다는 것은 정신이 병들어서 침식되는 것이다, 라고 일침을 놓은 바 있다. 쉰다고는 하지만 피곤함이 가시지 않는 것은 생각의 정지라는 공백의 여백을 갖지 못한 까닭이다.

그렇지만 일상생활에서 멍 때림을 갖는 일은 생각처럼 결코 쉬운 일이 아니다. 현대사회를 살아가는 오늘날 우리는 뭔가를 해야 한다는 강박증, 조급증 등이 우리의 생각이나 행동을 끝없이 재촉하기 때문이다.

멍 때림은 기본적으로 라비스망_{Ravissement 마음을 강탈당함}이다.

그런데 생각해보면 과거에 아무 생각 없는, 그런 멍 때림 상태를 맞이한 때가 있었다. 정신이든 육체적이든 완전히 소진되었을 때였다. 지치지 아니한 시간, 그러니까 내 의지나 사고가 지배적인 시간, 다시 말하면 내 의식이 또렷이 주인 노릇을 할 때에는 아무리 휴식시간을 갖는다 해도 나는 뭔가를 하고 있었다. 인터넷을 뒤적이고, 전화 통화를 하고, 생각의 실타래를 끊임없이 굴리고 말이다.

그런데 생각해보면, 나의 의지나 사고가 사라졌던 시간은 지치고 피곤했을 때였고, 내가 능동형 인간에서 수동형 인간으로 진입하는 순간이었다. 이렇듯 수동형으로 전환된다는 것은 의식의 세계가 멈춘다는 뜻이고 그 빈자리에 슬그머니 무의식의 세계가 출현한다는 뜻이다.

그랜드캐니언이 조각한 신비한 협곡 앞에서 탄복할 때, 미술관에서 그림을 감상하거나 음악 연주를 들으며 감동할 때 또 영화나 연극을 관람하며 그 장면에 몰입하고 있을 때, 그러니까 어떤 대상에 자신의 마음을 빼앗겼을 때_{라비스망} 우리는 수동형 인간으로 돌입한다. 어떤 사람을 기다릴 때도 능동형 상태에서 수동형 자세로 전환된다.

반드시 비싼 값을 치러야하는 예술 작품이나 예술 공연이 아니어도 된다. 일상생활에서도 어렵지 않게 수동형 인간으로 전환되는 순간을 얼마든지 마련할 수 있다. 한밤중에 쏟아질 것 같은 수많은 별을 보고 감탄할 때, 석양의 노을을 보며 신비로움이 가득할 때, 심지어 귀여운 아기나 동물을 보며 마음이 잠길 때, 인자한 미소를 띤 사람과 마주치거나 다정한 몸짓을 하는 사람을 만났을 때조차도 우리는 조용히 수동형의 문턱으로 진입하게 된다.

그밖에 가까운 주위 환경에서도 얼마든지 멍 때림의 시간을 찾아 나설 수 있다. 자연 숲속에서 온갖 다양한 색깔을 가진 아름다운 꽃들이며, 하늘을 향해 길게 뻗어있는 나무들, 또 옹기종기 곱게 피어난 풀들을 바라보며 그것에 마음을 강탈_{라비스망}당할 때도 무의식이 활성화되어 두려움을 관장하는 편도체가 평온해진다. 그때 뇌에서는 신경전달 물질인 시냅스_{synapse}가 풍성히 분비되어 시냅스의 다양한 연결 구조를 확장하고 변화 연결시켜준다.

더불어 멍 때리는 시간은 우리에게 의도치 않는 선물을 선사하기도 한다. 무의식의 활성화로 인하여 의식세계에서는 미처 떠올리지 못한 감정이나 아이디어가 불쑥불쑥 솟아오른다. 창의의 기운이 두둥실 떠다니는 순간들이다. 내가 조이 녀석과 공원을 산책하는 시간에 새로운 글이나 창작 에세이 소재꺼리를 생산하는 경험을 자주 얻는 것도 수동형으로 인한 무의식의 촉진 때문이 아닌가 생각된다.

마르틴 하이데거 역시 멍 때림은 언제 가질 수 있는가, 에 대한 질문에서 우리가 수동형 자세로 전환될 때 멍 때리는 쉼의 시간을 가질 수 있다고 말한 바 있다. 그는 우리의 의지나 사고가 잠자고 있을 때, 를 유독 강조했다. 그러기 위해서는 기다림의 자세가 필요하다고 역설했다. 여기서 기다림은 나의 의지가 없는 상태를 말한다. 그러니까 하이데거 역시 그의 저서 〈동일성과 차이〉에서 밝힌 바와 같이 멍 때림은 의식의 세계가 고요히 멈추는 그 순간에야 비로소 시작된다고 본 것이다.

강아지가 삼켜버린 명품 반지

토요일 늦은 저녁 무렵이었다. 안방에서 책을 읽고 있는데, 거실 쪽에서 끄윽 끄윽, 하는 반려견, 조이 녀석의 불편해 한 소리가 들렸다. 급히 나가보니 녀석이 한 움큼의 음식물을 토해내고 있었다. 녀석의 사료와 우리가 식사하던 자리에서 얻어먹은 색색이 음식들이 한데 뒤섞여 마치 무지개가 거실 바닥에 펼쳐진 듯한 모습이었다. 거의 씹지도, 소화시키지 못한 채 음식물 모두를 입 밖으로 내보낸 것이었다.

그날은 모처럼 우리 식구 모두가 모여 저녁식사를 하는 자리였는데, 녀석은 이 사람 저 사람에게 다가가 음식물을 달라고 채근하고 다녔었다. 우리는 녀석의 재롱과 보챔을 못 이기고 녀석에게 다양한 색깔의 음식물—고구마, 비트 등—을 줬던 게 화근이었다. 그도 그럴 것이 우리가 저녁 식사하기 전쯤에 녀석의

밥그릇과 물그릇이 비워 있길 레 내가 녀석의 사료와 물을 모두 채워놓았었다. 녀석은 내가 채워놓은 그것을 모두 비워낸 상태였다.

나는 이 모든 상황을 복기하고 또 퍼즐을 맞춰보며, 녀석의 심리가 단순히 식탐에서 비롯됐다는 생각이 아닐 수도 있겠구나, 하는 의심을 품기에 이르렀다. 분명히 우리가 식사하기 이전에 녀석은 충분히 제 식사를 마친 상황이었다. 그러니까 이때까지만 해도 녀석은 제 식욕을 어느 정도 성취한 상태였다. 그리고 불과 20여분 흘러 우리가 식사를 하기 시작했었다.

만일 우리가 그 시간에 식사를 하지 않았다면 녀석은 단단한 허벅지의 힘으로 힘차게 점프해 앞발로 이 사람 저 사람 다리를 타격해가며 먹을 것을 달라고 채근한 일도 벌어지지 않았을 것이다. 그러니까 녀석이 배고팠거나 식탐에 의한 것이 아닐 수 있다는 생각이 든 것이다. 어찌 보면 우리의 먹는 모습이 녀석에게 먹고 싶다는 욕망을 자극하지 않았을까 조심스럽게 추론해 본 것이다. 우리가 식사를 마치자 녀석은 뒤도 돌아보지 않고 제 집으로 쏙 들어간 일도 그 추론에 힘을 실어준 것이라고 생각한다.

마치 작은아이가 어렸을 때, 놀이동산에서 또래 아이들이 비눗방울 장난감을 불고 다니자 그 광경을 보고는 그 장난감을 사달라고 떼를 쓰는 것과 다름없다는 생각이 들었다. 작은애는 다른 장소에 이동하자 다시 생각을 바꿨다. 풍선놀이 하는 또래들을 보고 풍선을 사달라고 떼를 쓴 것이다. 비눗방울 장난감은 이미 제 손에서 사라지고 어느새 제 엄마 손에 쥐어 있었다. 땅에 버려두었던 것을 제 엄마가 주워 가지고 다녔던 것이다.

어렸던 작은애가 비눗방울 장난감을 가지고 후, 하고 불며 비눗방울을 공중으로 날릴 때 또 또래를 따라 풍선놀이 할 때 그 순간은 나름 짜릿한 쾌감을 만끽 했을 것이다. 마찬가지로 조이 녀석이 이 사람 저 사람에게 돌아다니며 신나게 음식물을 섭취했을 땐 짜릿한 쾌감 내지는 만족감에 젖어 있었을 것이다. 그러나 그런 행복감은 금세 사라지고 말았다. 자신이 진심으로 원한 맛이 아니라 남이 가진 것을 탐하는 그런 욕망이 만들어낸 순간적인 쾌감이기 때문이었다.

인간은 타인의 욕망을 욕망한다. 자크 라캉

사실 조이 녀석이나 어린 애들만이 이런 타인의 욕망을 품는 것은 아니다. 명품 의류, 명품 핸드백, 명품 반지 등은 비싸더라도 불티나게 팔려나간다. 유명 연예인들이 어떤 옷을 입었나, 핸드백이나 반지는 어떤 브랜드를 사용하고 다니는지를 사람들은 매우 궁금해 한다. 미디어 매체들은 이런 욕망과 부러움을 부추기는 광고를 자주 내 보낸다.

　명품을 지니고 다니는 사람들은 타인 앞에서 우쭐해 한다. 순간적으로 짜릿한 쾌감을 느끼기 때문이다. 뭔가 우월감에서 오는 쾌감이다. 그러나 집으로 돌아와 홀로 있을 땐 그 명품이 더 이상 자신에게 어떠한 쾌감이나 행복감을 선사해주지 않는다. 그것은 철저히 타인의 욕망을 빌려온 것일 뿐 자신 스스로의 고유한 선택이거나, 좋아함에서 기인한 그런 물건이 아니기 때문이다.

　명품 반지를 삼켜버린 강아지나 청춘들의 불가피한 현상, 구토

　오늘날, 청춘들도 모방 욕망에 있어서 예외가 아니다. 나는 미래를 어떻게 살 것인가, 하는 삶의 목표를 판단하는 지점에 있어서 타인의 욕망으로 결정하는 경우가 많다. 부모님의 기대에 부응하기 위해, 선생님이 권유하니까, 세상 사람들이 알아주고 인정해 줄 테니까, 하는 부모님의 욕망, 선생님의 욕망, 세상 사람들의 욕망에 따라 자신의 미래를 꿈꾸는 청춘들이 많다는 얘기이다.

　　결국 그런 청춘들은 부모의 기대, 사회의 시선이라는 반짝거리는 명품 반지를 서둘러 집어 삼켜버리는 것이지만 앞서 조이 녀석이 토하듯이 그것은 자신들의 위장胃腸이 도저히 소화해낼 수 없는 금속 덩어리여서 구역질할 가능성이 크다는 점을 시간이 지난 다음에야 깨닫곤 한다.

　　물론 이런 욕망을 제대로 성취하면 그 당시에는 사람들 앞에서 우쭐한 쾌감을 맛볼 수 있다. 그러나 온 정신과 신체에서 깊이 느끼고 공감되는 행복감은 쉽게 붙잡히지 않는다. 타인의 욕망 성취로는 실현하기 매우 어렵다. 그것은 자신 고유의 본성이나 성격, 기질 또 마음의 뿌리에 기반을 둔 성취가 아니기 때문이다.

설명 잘 부탁드립니다

동네 공원 안, 야트막한 야산을 조이 녀석과 산책하려면 자동
찻길 몇 군데를 건너야한다. 그 가운데 교통 신호등을 의지해
비교적 가벼운 마음으로 건너는 도로도 있지만 별도의 신호등
이 설치되어 있지 않는 도로에서는 종종 작은 해프닝을 낳는다.

그런 신호등 없는 도로에 있는 보행구역을 건널 때, 나는 늘
긴장하게 된다. 이 도보구간은 차량을 운전하는 사람과 건너는
사람이 서로의 마음을 잠시 들여다보는 접점이기 때문이다. 이
곳에선 운전자와 보행자, 두 사람이 내뿜는 행복 아우라aura, 공기
혹은 분위기와 불쾌 아우라가 부딪히는 순간이 그 짧은 공간과 시
간에 포개어진다.

물론 이 횡단보도에서 우리는 대개 훈훈하고 따뜻한 그런 행

복한 아우라를 주고받지만, 차량이 지나가는데 감히 사람이, 짐
승 따위가 차량을 놔두고 먼저 건너냐는 식의 차가운 불쾌 아우
라가 차량의 배설기관을 통해 품어 나오기도 한다. 그 순간 그
아우라와 부닥쳐야하는 우리는 얼얼하다. 나는 이런 불쾌 아우
라를 피하기 위해 가급적 녀석의 목줄을 짧게 잡고 또 차들이 모
두 지나간 뒤 빈 도로를 기다려 건너곤 한다.

산책을 마친 뒤에 나는 가끔 녀석의 한 달 치 식량을 구입하
기 위해 차를 몰고 강아지마트에 들린다. 내 차량의 라디오는 늘
조이가 좋아하는 음악 채널에 고정되어 있다. 그 채널에서는 음
악소리가 흐른다. 잔잔한 클래식 멜로디이다. 녀석은 이런 평온
한 멜로디를 아주 좋아한다. 라디오 진행자의 감미로운 목소리
가 음악과 뒤섞여 들려온다. 그렁그렁 이야긴가 싶어 흘려듣다
점점 그의 목소리에 몰입한 나와 조이를 발견한다. 잔잔한 행복
아우라가 나와 조이를 감싸고, 우리는 그의 목소리 속으로 천천
히 가라앉는다.

초등학교에서 벌어진 일이었다. 야외수업을 하던 중 한 학생
이 조그마한 풀을 풀밭에서 뽑고는 선생님에게 이게 무슨 식물
이냐고 묻는다. 선생님은 이리저리 세심히 살피고 또 그 식물의
뿌리며 잎사귀를 여러 번 살펴보지만 문득 떠올릴만한 식물 이

름이 떠오르지 않는다. 그렇다고 엉뚱한 이름을 댈 수도 없다.

선생님은, 글쎄…, 희한한 풀이구나, 이것이 어떤 풀인지 잘 떠오르지 않는구나, 다음에 선생님이 더 생각해 보고 얘기해 줄게, 고 하고 그 상황을 넘긴다.

마침 학생의 아버지가 생물학과 교수였기에 학생은 아빠에게 자주 질문하듯이 선생님에게 물어본 일이었다. 그날 풀을 들고 집에 돌아온 학생은 아빠에게 이게 무슨 식물이냐고 묻는다. 선생님이 대답을 해주지 않았다는 사실도 빠뜨리지 않는다. 풀을 건네받은 아빠도 식물의 뿌리, 잎사귀, 모양 등을 유심히 살펴보더니, 정말 희귀한 풀이구나, 아빠도 이 풀을 처음 보는 거란다, 이걸 갖고 연구실에 가서 좀 더 살펴봐야겠는 걸, 하며 도무지 모르겠다는 표정을 짓는다.

다음날 아침, 출근을 준비하는 아빠가 여전히 꿀잠을 자고 있는 아이의 볼에 뽀뽀로 잠을 깨운다. 아빠는 편지가 담겨있는 편지봉투를 아이에게 내 보인다. 그리고 아이에게 말한다. 이거 학교 가자마자 선생님에게 꼭 전해드려야 한다. 아빠가 그동안 바빠 학부모 면담을 못해서 편지로 대체한 것이니 네가 열어보면 절대로 안 되고 반드시 선생님께 등교하자마자 드려야 해, 하며 현관문을 열고 출근하러 집밖으로 나간다. 부스스한 눈을 비비며 바깥문을 나서는 아빠를 물끄러미 바라본 아이도 침대에서 일어나 엄마가 차려놓은 식탁에 총총걸음으로 걸어간다.

학생에게 편지 봉투를 건네받은 선생님은, 풀의 이름과 그 기원, 또 뿌리와 줄기, 잎의 특성이며 피어나는 시기, 성장하고 절정에 이르는 시기 또 이 풀의 군락지 등에 대한 정보가 상세히 적혀있는 메모지를 읽는다. 그리고 추신에 쓰인 글도 마저 읽는다. 제 아이가 무척 궁금한 가 봐요, 선생님께서 잘 설명해 주시면 고맙겠습니다.

우리 생각은 환각에 기반을 두고 있다.

대부분의 사람은 뱀을 보면 흠짓 놀라며 몸서리를 친다. 나 역시 그렇다. 유연하게 꿈틀거리는 몸놀림, 낯선 신체 구조가 본능적 불쾌감을 일으키기 때문이다. 인간은 태생적으로 뱀을 혐오하도록 설계되어 있다는 주장도 있을 정도이다.

그러나 반려견, 조이의 반응은 다르다. 탄천 옆 큰 시냇가를 따라 산책하던 어느 날, 풀숲에서 물뱀 한 마리가 모습을 드러냈다. 뱀은 몸체를 꿈틀거렸고 조이 녀석은 장난치듯 뱀을 쳐다보며 뱀이 움직일 때마다 물려고 주둥이를 뱀 쪽으로 들이댔다. 뱀도 고개를 치켜 올려 물려는 동작을 반복했다. 녀석 둘은 서로 다투는 듯 장난치는 듯 놀고 있었다. 혹시 서로를 해칠까 걱정한 나는 서둘러 조이의 목줄을 잡아당기며 다른 길로 발걸음을 재촉했다.

그때 내게 문득 이런 생각이 들었다. 뱀이 징그럽다, 혐오스럽다, 는 말은 과연 진실일까? 뱀은 우리에게 불쾌감을 유발하고자 태어나진 않는다는 생각에서였다. 그들은 작은 포유류나 곤충을 섭취하며 생태계의 영양순환을 돕고 죽어서도 사체가 분해되며 토양을 비옥하게 만들어 식물의 성장을 돕는다. 이처럼 생태계에서 수행하는 역할이야말로 뱀의 본질에 더 가까울 것일 텐데, 그렇다면 우리가 본능이라 믿어온 혐오감은 오히려 본질에서 한참 떨어진 감정일지도 모른다.

뱀이라는 대상과 그것을 바라보는 인간의 인식 사이에 어떤 막이 끼어 있다는 증거이기도 하다. 그것이 바로 인간의 의미세계 혹은 인간의 사회문화인 것이고 이 의미세계가 필터링한 과정을 거친 결과가 징그럽다, 혐오스럽다, 라는 느낌으로 인간들에게 굳어져 온 것이다. 따라서 그 대상의 본질과는 무관하게 사회문화가 필터링해준 결과물을 보고 그동안 우리는 쾌감, 불쾌감, 징그러움을 느끼고 판단해 온 셈이다. 그렇기에 우리의 감정과 인식은 언제든 본질을 왜곡할 수 있는 불안정한 산물일 가능성이 크다.

이를 두고 자크 라캉은 우리의 생각이나 판단은 환각에 기반을 두고 있다고 말한다. 우리는 순수하게 인식한 고유한 틀을 타고나지 않았기에 결국 사회가 심어놓은 근본적 환상 속에서 대상을 바라본다는 것이다. 그러므로 우리는 사회문화가 우리 뇌 속에 심어놓은 관념의 틀로 세상을 바라보는 것이고 그 틀이 쾌감과 불쾌감을 구별해준다는 주장이다.

가부장적 관념의 틀이 완고하게 자리 잡힌 사람은 여성을 가볍게 여기고 도구처럼 다루어 자신의 쾌감을 취하려 든다. 조선 중후기 사대부 문화가 이랬고, 일제강점기와 6·25 전후시기까지의 여성을 대하는 남자 문화에도 이런 관습은 깊게 배어 있었다.

'빨리빨리' 라는 속도 중심의 문화도 마찬가지다. 모든 일이 즉석에서 풀려야 하고 심지어 사랑조차 여유와 그리움을 허락받지 못한다. 저만치 떨어져서 그리워 해보고 아쉬움도 들어보고 슬픔을 간직해 보기도 하고 또 어떤 사람이 좋다고 해서 금방 다가서기보다는 저만치 떨어져서 그리워해 보는 관념의 틀을 외면한다.

좋은 대학이 곧 사회적 명성이나 부를 보장한다는 관념의 틀이 확고히 쌓일수록 어린아이를 선행학습을 위해 쉼 없이 학원으로, 과외로 돌고 돌리는 문화 관습이 자리 잡는다. 친구들 모두가 경쟁자이고 여유와 배려의 공간은 사치로 밀려난다.

반대로 행복한 인생의 출발은 학교 교육에서 시작된다, 라는 관념의 틀이 사회 전체에 뿌리내린다면 어떤 풍경이 펼쳐질까. 학교는 어떤 인생을 살 것인가를 학생 스스로 찾는 방법을 가르치는 장소가 되고, 학생을 비롯한 학교구성원 누구도 소외되지 않으며 여유 속에서 자유롭고 즐겁게 배우는 법을 익힐 것이다. 학교에서 배운 것이 사회에서도 자연스럽게 이어진다는 믿음이 존재한다면 학생과 학부모 모두는 걱정과 불안 대신 안정된 행복감을 느낄 것이다.

결국 우리가 살아가는 방식, 느끼는 감정, 심지어 무엇을 아름답다 혹은 혐오스럽다 판단하는 일조차, 실재 그 자체보다 사회문화라는 거울에 비친 반사광에 더 가까울지 모른다. 그런 까닭에 그 거울이 조금만 달라져도, 뱀을 바라보는 우리의 시선도, 일상을 구성하는 우리의 습관도 전혀 다른 빛을 띠게 될 것은 분명한 것이다.

사랑은 여전히 불편하면서도 아름답다

평일 날에 나는 가끔 조이와의 산책을 줄이고 애견놀이터로 향한다. 여러 강아지들과 어울리며 조이의 사회성을 기르기 위해서이다. 놀이터에는 다양한 종의 강아지들이 모여들어 저마다의 방식으로 시간을 보낸다. 조이는 이곳을 특히 좋아한다. 많은 친구들을 만날 수 있을 뿐 아니라 녀석만의 자유를 마음껏 누릴 수도 있기 때문이다.

녀석은 운동장을 거의 전세 낸 듯 자유롭게 질주한다. 비숑 특유의 광란의 질주이다. 무리를 지어 놀던 강아지들도 조이를 보자 덩달아 뛰어다니고, 이내 여러 무리로 갈라졌다가 다시 모였다가를 반복한다. 그리고 한참을 달리다 지치면 어느새 각자만의 느긋한 시간을 찾는다.

그런데 그날따라 유난히 조이의 눈길을 사로잡은 강아지가 있

었다. 비슷한 체격의 갈빛 털을 가진 암컷이었다. 조이는 쉴 새 없이 그 녀석을 따라다니며 함께 있고 싶다는 마음을 드러냈다. 마침 갈색 녀석도 그 호의를 받아들였다. 수컷 조이와 장난을 치고, 서로의 코끝을 맞대어 냄새를 나누고, 놀이기구 안에서도 떨어지지 않고 함께 했다. 아마도 비슷한 덩치, 서로가 내는 소리, 그리고 어쩌면 은은히 풍기는 이성의 냄새분자들이 상호간에 에로스적 호감을 자아낸 것이리라.

시간이 꽤 흐른 뒤, 갈색 강아지의 견주가 문을 열고 놀이터 밖으로 나갔다. 조이는 그 뒤를 쫓고 싶어 안달이 난 듯 내 다리를 톡톡 건드렸다. 나 역시 아쉬운 마음에 녀석을 데리고 밖으로 나갔지만, 가는 방향이 서로 달라 결국 헤어질 수밖에 없었다. 집 쪽으로 발걸음을 돌리자 조이는 낑낑대며 저항했고, 갈색 강아지가 사라진 방향으로 나를 이끌려 했다. 그러나 힘이 부쳤는지 제 자리에서 서성거리더니 이내 나를 따라 왔다.

하지만 걷다가도 뒤를 돌아보고, 또 몇 걸음 가다가 다시 뒤를 살피고, 그러다 풀숲에 얼굴을 묻듯 고개를 파고들며 아쉬움을 삭혔다. 그런 모습을 보며 미안함이 가슴 깊이 차올랐다. 녀석이 에로스의 화살을 제대로 맞은 듯하여, 나 또한 그 욕구를 더 이어주지 못하는 것이 못내 아쉬웠다.

　사실 우리 인간이 사랑에 빠지는 지점도 이와 크게 다르지 않다. 인간 역시 에로스의 화살을 맞는 순간, 가슴이 떨리고 온몸이 설렘으로 가득 찬다. 관심은 순식간에 혼자였던 자신에게서, 감미로운 기적을 가지고 다가온 어느 한 사람에게 쏠린다. 이내 외로움과 고립은 옅어지고, 희망과 갈망, 핑크빛 세계가 열린다. 서로 자연스레 말을 걸고 싶어지고, 가까이 다가가고 싶은 욕구가 샘솟는다.

　상대 역시 같은 금촉 화살에 꽂히면 그의 친밀함과 매력에 끌려 가슴이 두근거린다. 그렇게 서로의 고독과 불안, 오래 묵혀 둔 상처는 포옹 속에서 씻겨 내려가고, 그 자리를 그리움과 열망이 채운다. 이윽고 두 사람은 눈빛과 마음을 통해 끌림의 신호를 주고받고, 만나고, 손을 맞잡고, 이야기를 나누고, 서로 껴안는다. 그는 그녀에게 스며들고 그녀는 그에게 들어간다. 사랑의 에너지는 그 속에서 생성되고, 서로의 상호작용 안에서 더욱 커진다. 서로의 언어와 행동, 사소한 기적에도 의미가 깃들고, 상대의 말과 생각에서도 자신을 비추는 뜻을 발견한다.

　그러나 문제는 바로 그 다음, 사랑이라는 긴 터널 속으로 들어간 뒤부터 시작된다. 과연 두 사람이 그 황홀한 발렌타인 빛깔의 로맨스를 인생이라는 긴 여정 속에서 계속 지켜낼 수 있는가 하는 물음 앞에 우리는 서게 되는 것이다.

사랑의 공간에 들어선 순간, 둘은 마치 구름 위를 걷는 듯 황홀감에 젖고 기쁨이 넘친다. 하지만 어느 순간 둘은 힘든 일을 겪고 초조해한다. 때로는 서로의 돌발적인 면에 당황하고 낯섦을 느낀다. 그리고 오래 눌러둔 감정이 폭발해 세상이 끝날 듯한 싸움을 벌이기도 한다. 어색한 침묵이 흐르고, 그럼에도 결국 누군가 먼저 손을 내밀어 화해를 청한다. 이내 두 사람은 다시 깊이 끌어안으며 사랑을 확인한다.

이렇듯 사랑의 터널은 생각보다 훨씬 험난하고 길다. 사랑은 친근함과 황홀함만을 품고 있지 않다. 황홀하지만 잔혹하고, 기쁘지만 상처와 갈등을 지니며, 친근하면서도 낯설고, 안정적이면서도 불안정하기도 한다. 그러면서 사랑은 자기희생을 품고 자란다. 그 안에서 사랑의 에너지는 생성되고 진화하며, 역동적으로 늘 과거와 다른 새로운 무언가를 만들어낸다.

그래서 우리는 사랑이 고되고 힘겨운 줄 알면서도, 여전히 사랑을 향해 걸어간다. 반쪽이 만나 서로 하나가 될 때 삶의 열망은 더 크고 강해지기 때문이다. 그래서 인간은 비록 완전한 온전함으로의 회복이 불가능하다는 사실을 알고도, 사랑으로 하나가 되려는 열망을 단 한 번도 포기한 적이 없다.

눈이 하얗게 펼쳐놓은 평화로운 풍경화

하얗디하얀 설경은 보기만 해도 마음을 씻어 준다. 눈 내리는 풍경은 더할 나위 없이 황홀하고, 나뿐 아니라 조이 녀석도 꼬리를 흔들며 기쁨을 온몸으로 만끽한다. 녀석의 무수한 행복신경 세포가 깜빡이며 불을 밝히는 탓인데, 나 역시 녀석과 조금도 다르지 않다. 이토록 새하얀 설경이 주는 아름다움과 넉넉함은 우리의 마음을 평화롭게, 그리고 분명하게 어루만져준다.

이 순백의 황홀은 인간의 뇌 속의 행복회로를 자극하기 때문이다. 황홀함과 아름다움이라는 감각은 감정적 공감과 평온을 관장하는 안와전두피질orbitofrontal cortex, 공포를 소거하고 공격성을 조절하며 감정적 공감에 관여하는 대뇌피질이라는 부위로 전달된다. 우리가 설경 속을 걸을 때 이 부위가 활성화되며 세로토닌이 분비되고, 따라서 우리는 조용한 만족감과 포근한 평안을 느끼게 된다. 조이 녀석과 내가 설경 안에서 평온함, 만족함, 기쁨을 갖는 이유가 바로 이런 행복 배선이 제대로 활성화 된 덕분이다.

밤새 퍼붓던 눈은 아침에도 여전히 시골 이 촌락에 펑펑 쏟아지고 있다. 어찌나 세상이 하얗도록 내리던지 이럴 때면 가끔 엉뚱한 상상에 빠지곤 한다. 화가는 이 자연처럼 하나의 색깔로 복잡다단한 이 세상을 이토록 쉽게 색을 입힐 수 있을까.

화가들의 머리는 복잡하게 돌아가리라. 각각의 사물 형태를 어떻게 구상할 것이며, 흰 색의 수많은 농도 중 무엇을 골라 칠하며, 사물과 사물사이의 여백과 원근은 어떤 구도로 잡을 것이며… 그런데 자연은 화가가 복잡하게 공들여 세워놓은 이런 설계와 작업을 이토록 간단히, 그리고 압도적인 정확함으로 완성해 버린다.

이렇게 자연은 흰 색깔을 선택한 후 함박눈을 하염없이 뿌리고는 하늘이고 산이고 호수고 나무고 흙이고 집이고 비닐하우스고 축사고 모든 것을 차분히 하얗게 색칠한다. 컴퓨터보다 더 정확한 원근법을 사용하여 사물마다 형태와 거리를 명료하게 드러내는 한편 정밀성도 둔다. 그리고 마침내 여백을 활용해 고요하고 고즈넉한 시골 설경을 완성한다. 게다가 인간이 쌓아 놓은 온갖 부조리마저 포근히 감싸 안고, 세상에 잠시나마 여유로움을 선물한다.

인적이 끊겨 마을이 조용하다. 조이는 꼬리를 흔들며 눈 위를 뛰놀고, 녀석과 내 걸음 걸음만이 가끔 정적을 깰 뿐이다. 산토끼 서너 마리가 홀연히 나타났다가 언덕 위로 오르다 사라진다. 고라니가 논두렁을 가로질러 산토끼가 지나친 곳으로 뛰어간다. 이 광경을 흘겨본 조이 녀석도 그곳을 향해 사냥이라도 할 기세로 힘차게 돌진한다. 나도 뒤따라 뛰어 오른다. 논도랑을 넘어 가파른 언덕도 순식간에 뛰어오른다.

그런데 아차, 내리막 눈길이 더 가파를 줄이야, 내 몸뚱어리는 뒤뚱거리다 중심을 잃고 넘어지며 눈길 아래로 데굴데굴 굴러가다 들판 가장자리에 서 있는 소나무에 부딪혀서야 겨우 멈춰 선다.

잠시 정신이 멍해진다. 지금 설경 속에서 헐떡이며 숨을 고르는 존재라고는 나 하나뿐이다. 숨을 거칠게 내 몰아쉬며 일어선다. 그리고 다시 발걸음을 천천히 옮긴다. 조이 녀석이 뒤를 힐끗 돌아보며 나의 걸음 속도에 맞춰 제 발걸음을 내딛는다.

걸음을 고르게 하니 비로소 고요한 설경이 다시 선명히 눈에 들어온다. 눈에 덮인 나목이며 설산이며 하얀 집이며 흰 눈길이며 비닐하우스며 끝없이 펼쳐진 하얀 논두렁과 흰 들판이 우리를 맞이하고 있다.

그 설경 속으로 조이 녀석과 나는 겨울 공기를 하염없이 흠뻑 들이마시며 들어간다. 뽀드득 뽀드득, 쌓인 눈과 운동화가 부딪히며 내는 그 소리가 우리 뒤를 따라온다. 한 낮이 되어 햇살이 그토록 퍼붓고 있는데도 전혀 녹지 않는 희디 흰 눈길에서이다. 우리는 차갑게 스미는 바람과 포근한 햇발을 동시에 맞으며, 눈이 하얗게 펼친 풍경의 깊은 속살로 천천히 더 스며들어간다.

지랄 같은 불행을 자산으로 가공한 사람들

깊어가는 가을 어느 날, 우리 가족이 가을여행을 다녀온 관계로 불가피하게 반려견, 조이를 사흘 동안 집에 홀로 두어야 했다. 물론 학교 근처에서 자취하고 있는 작은아이에게 그 중, 하루만이라도 집에 들러 조이 녀석과 함께 있어달라고 기별은 해두었다. 가을여행을 마친 우리 가족은 사흘째 되는 날 자정 무렵에야 집에 도착할 수 있었다.

대개 강아지들의 반응이 다 그러하듯, 조이 녀석 역시 우리를 보자마자 끙끙대며 짖는가 하면 이 사람 저 사람에게 안기며 반가움을 한껏 표시하고 다녔다. 나도 녀석과 반갑게 인사를 나누고는 짐정리를 위해 여행가방을 거실에 펼쳐놓고 옷가지 정리를 하기 시작했다. 그러나 제대로 손을 댈 수 없었다. 조이 녀석의 방해동작 때문이었다. 더욱이 녀석의 그런 행동은 나에게 집중되었다. 내가 집는 옷을 물고 현관 쪽으로 달아나는가 하면 아예 일을 하지 못하도록 내 무릎에 걸터앉기도 했다.

이유는 딱 하나였다. 밖에 나가달라는 거였다. 사흘 온종일 집에 꽁꽁 붙들려 있었으니 지금이라도 바깥 공기를 들이켜야겠다는 심산이었다. 그 마음을 모르는 바는 아니었다. 하지만 그때가 새벽 한 시가 다된 시각에 여행의 여독으로 온몸이 천근만근이던 나는 얼른 가방을 정리하고 씻은 뒤 잠들고 싶었다. 그런데 녀석은 나의 피곤함은 모른 채 오로지 자신의 리비도Libido, 삶의 에너지가 밖으로 튀려는 충동발산에만 집중적으로 원하고 있었다.

하기야 녀석은 매일 몸속에 차오르는 리비도를 꾸준히 바깥으로 흘려보내왔었다. 녀석은 하루에 한 번은 녀석의 내부에 있는 리비도를 꾸준히 외부로 발산해 왔으므로 이해를 못한 바는 아니었다. 그러나 밤늦은 그 시간에 나는 너무도 피곤해 있었다. 그럼에도 결국 나는 녀석의 성화에 떠밀려 녀석을 데리고 달빛 가득한 밤거리를 거닐며 뒷동산 한 바퀴를 돌아 다녀야만 했다.

달빛 속에서 산길을 거니는 동안, 나는 우리 인간도 조이 녀석과 다를 바 없다, 는 생각을 떨칠 수가 없었다. 우리 인간도 리비도를 외부에 끊임없이 발산시키며 살아가기 때문이다. 학교에서든 직장에서든 혹은 취미동호회 모임에서든 인간은 사회라는

외부 세계와 호흡하며 생명을 영위해간다. 그래서 우리는 사회적 존재라고 불린다.

그러나 예기치 않은 사건이나 충격으로 그 흐름이 단절될 때가 있다. 그때 리비도는 인간 내부 안에 머물러 있을 수밖에 없는데, 이때부터 위험은 조용히 고개를 든다. 사랑하는 사람과의 이별이 그 대표적인 예다.

더 이상 상대방과 사랑의 교감을 할 수 없어 그 사람에게 향하던 리비도가 내 몸 안으로 들어앉게 되는 경우다. 폭력에 시달렸거나 급작스럽게 외부의 큰 충격을 받은 사람도 그 사건으로 인해 역시 사람 만남을 기피하게 되는데, 이런 경우에도 리비도를 외부에 발산을 못하고 내부에 끌어안고 살아가게 된다.

그럼에도 대부분 사람들은 그런 사건에 맞닥뜨리면 처음엔 큰 타격을 받겠지만 시간이 지나면서 그 충격에서 점점 벗어나 일상적인 생활을 영위하며 건강한 삶을 회복해 살아나간다. 그래서 훌훌 털고 바깥세계 그 무언가사람이건 물건이건 취미이건 등와 다시 관계를 맺으며 살아가려 힘쓴다. 그런 결과 몸 안에 있던 리비도는 다시 꿈틀거리며 밖으로 튀어나가 무언가에 집중해 나간다.

그런데 불행히도 그렇지 못한 경우가 간혹 발생한다. 외부 충격이 너무 컸다거나 지속적으로 피해를 당한 경우가 그렇다. 이런 경우 리비도가 방향을 틀어 우리 몸 안을 공격하기도 하는데, 그런 경우 대개 내부로 향한 리비도는 잠자고 있던 무의식 세계를 일깨워 과거의 상처나 트라우마까지 헤집고 다니곤 한다. 바깥에 돌아다니며 외부에 집중해야 할 대상을 찾지 못해 자신 안에 있는 상처들을 후비고 다니기 때문이다. 이런 시간이 길어지면 대체로 정신적으로 매우 위험한 상황에 처해지게 된다. 심지어는 정신 치료가 필요한 지경에 이르기도 한다.

이와 달리, 내부로 향한 리비도 집중현상이라는, 뼛속 깊이 스며드는 불행을 예술적 자산으로 승화시킨 경우들이 있다. 외롭고 힘들고 아픔을 겪어보지 못한 사람들은 도저히 표현해 낼 수 없는 고통을 예술적 연료로 사용한 사람들이다. 그들의 슬픔과 불행이 오히려 많은 사람들에게 위안을 주기도 한다.

동그란 점을 사용해 호박덩어리 그림으로 우리에게 잘 알려진 일본 작가, 쿠사마 야요이는 어려서 폭력에 시달려 조현병을 앓았는데, 시야가 그물망이나 물방울무늬로 보이는 환각에 시달렸다고 잘 알려져 있다. 쿠사마가 자신이 겪은 환영을 기억해 그림을 그린 건 그런 충격과 두려움을 완화하려는 시도였다고 전해진다.

우리에게 에로틱한 그림, 〈키스〉로 널리 알려진 구스타프 클림트도 일찍이 아버지와 동생의 죽음을 옆에서 지켜보며 정신적인 동요를 겪는다. 그의 대부분 그림에 찬란하고 화려한 색채를 사용한 관능적인 여성 이미지의 경우가 많은 것은 얼핏 보면 그가 육체적 에로erotic에 집착해 그린 작품들 같아 보이지만, 실상 그의 작품 속 찬란한 빛과 육체성은 생명·사랑·죽음이라는 깊은 영역에 대한 알레고리이자 그의 리비도가 터져 나온 흔적이었다.

우리의 자랑스러운 화가 이중섭도 마찬가지다. 그는 일본으로 떠난 아내와 아이들을 사무치게 그리워했다. 가족들에게 향해야 할 리비도가 그의 몸 안으로 역류해 버린 것이다. 그는 그 에너지를 폭발시켜 나가며 유명한 작품들을 그려 나간다. 그의 작품 소재로는 어린아이, 가족, 소, 닭 등 가족과 향토성을 강하게 띠는 요소가 다수를 차지했는데 이는 가족이라는 시원적 그리움이 그 밑바탕이 되지 않았을까, 추론해 보게 되는 대목이라 여겨진다.

불쾌감이 우리를 숨 쉬게 한다

약 6kg 남짓한 몸집에 어느덧 여덟 해를 훌쩍 넘긴 흰 빛깔의 털을 가진 반려견, 조이는 유독 검은 색의 털을 가진 대형견과 마주하면 금세 극도의 흥분 속으로 가라앉는다. 견주인 내가 주위 시선에 부끄러움을 느낄 정도로 자지러지고 악을 쓰며 짖는다. 날선 털, 쭈뼛쭈뼛 올 돋은 피부, 무서움을 넘어 공포감이 순식간에 녀석 나름대로의 생존본능들을 작동시켜 제 뇌를 강타하고 있는 듯하다. 공포감을 인식하는 녀석 뇌 안에 있는 편도체가 활발히 활동한 까닭이다. 이렇듯 삽시간에 벌어진 소동, 그로 인해 지나가는 사람들 눈초리의 분칠로 나는 점잖음을 내려놓고 허둥지둥 녀석을 품에 담고는 총총 걸음으로 황급히 그 상황에서 미끄러져 달아난다.

무서움과 공포를 제 몸에서 제대로 인지할 수 있는 자만이 지

금까지 생존해 왔음을 녀석은 간파한 것일까. 생존 존립에 위협적일 때 밀려오는 두려움 등 녀석은 이러 불쾌감을 뇌에 투사해 경계와 조바심을 단단히 키우면서 한편으로는 생명의 위험으로부터 탈피하려는 녀석의 시도 일게다. 생명찬가를 부르는 일종의 시위라고 할 만하다.

만일 녀석의 뇌에 두려움이라는 불쾌 감정의 작동^{편도체}이 망가져 있었다면 이런 다급한 우발상황은 일어나지 않았을 것이다. 그랬다면 나는 좀 더 여유롭고 점잖은 산행을 즐겼을 것이고 또 한편으론 그런 상태에서 녀석이 야생을 하였다면 녀석의 생명은 부지하기 매우 어려웠을 것이다.

불쾌감이 우리를 숨 쉬게 한다.

그렇지만 우울, 불안, 짜증, 두려움, 괴로움 등, 스트레스를 달고 사는 현대인들은 이 말에 고개를 갸우뚱거릴 수 있다. 더군다나 생존숙제를 떠안고 살아가는 현대인들에게 저런 불쾌감은 떨치고 싶은 가장 무거운 짐이기 때문이다.

21세기를 살아가는 우리는 생존경쟁이라는 매서운 물살을 헤쳐 나가다 힘에 부쳐 때로는 방황의 늪에 빠져들곤 한다. 불확실

한 미래 앞에 흔들리는 청춘들, 생존경쟁에서 뒤쳐질까 하는 불안함, 직장에서 해고될까 두려워 쥐어짜는 사람들, 사업에서 실패했을 때의 공포감을 비롯해 능력주의와 성과의 압박 등에 매달려 불안과 괴로움에 허우적거리는 우리이다.

　그런데 이런 불안과 두려움 또 무서움 등으로 인한 심리적 압박의 무게는 상상을 초월하기도 한다. 그것들이 삶에 가하는 짓누름의 무거움은 시간흐름마저 구겨놓는다. 시계가 멈춘 듯한 어둠 속에서 우리는 자신이 어디쯤 서 있는지도 잊기 쉽다.

분명한 목적지가 정해져 있지 않더라도 위험하다는 예감이 스칠 때에는 그 상황에서 재빨리 도망치라는 것이다. 더군다나 암흑 속에 갇혀 있을 때 그곳에 정주하지 말고 그곳에서 빨리 빠져나오라는 아사다 아키라의 충고이다. 그러기 위해선 몸과 마음이 가벼워야 한다. 그래야 우리의 생존 본능이 제 몫을 다한다.

조이 녀석처럼 자지러지며 악을 쓰는 방식일 수는 없겠지만, 우리는 나름의 방식으로 무너지는 자아를 털어낸다. 때로는 코가 비뚤어지도록 술을 마시며 시끄럽게 웃고 떠들고 목이 쉬도록 노래를 토해내 본다. 그렇게 한바탕 지르고 나면 조금 전까지 나를 붙잡고 흔들던 지친 자아가 어느새 희미해진다. 이는 피곤한 자아를 잠시 내려놓는 일종의 의식, 불쾌로 추락하던 자아를 다시 일상 속으로 건져 올리는 작은 구조작업이다.

그리고 다음날 먼동이 트면 그 부력으로 우리는 다시 현실세계 위로 떠오른다. 어제의 무거움은 어딘가에 가라앉고 새로운 일상의 빛이 잔물결처럼 번지며 우리를 다시 현실로 건져 올린다. 그렇게 우리는 또 다시 피로사회를 내딛으며 새로운 일상을 맞이한다.

행복은 손과 발을 통해 시작된다

때때로 나와 반려견, 조이 녀석은 동일한 공간을 걷고 있으면서도 머리엔 서로 다른 세계를 산책하는 듯하다. 나는 녀석과의 산책을 한 시간 정도에 맞춘 까닭에 산책하기 편한 맨땅의 흙길을 선호하는 편이다. 그런 내 생각대로 녀석이 잘 따라주면 대개 한 시간 정도면 산책을 완주한다.

그러나 녀석은 나와 생각이 완전히 다르다. 녀석은 내가 원하는 바처럼 반듯하게 놓인 흙길을 따라 곧게 걷질 않는다. 녀석은 수풀에서 풍기는 냄새며 나무 기둥이나 뿌리에서 나오는 냄새를 맡기도 하고 입으로 핥기도 하다가 다람쥐나 까치, 산비둘기 또 산토끼를 만나면 뛰어가기 바쁘다. 또한 풀과 나뭇잎이 쌓여 있는 덤불에서 품어 나오는 냄새도 그냥 지나치지 못한다. 녀석은 그곳 덤불에 덥석 드러눕는다. 그리고 덤불 속에 퇴적되어 있

던 잎자루가 날아갈 정도로 몸을 비벼대며 행복감을 만끽한다. 사실 이 곳이 녀석에겐 낙원인지 모른다.

이런 모습을 지켜보며 나는 녀석에게 있어서 행복은 코를 통해 시작되는구나, 하는 생각을 자주 한다. 냄새로 감지해 코로 들어 온 이 행복이 녀석의 온 신체 곳곳을 누비며 녀석에게 최고의 만족감을 주는 게 아닌가 생각되기 때문이다. 녀석은 너무도 행복한 나머지 평소 내지 않는 거억 거억, 하는 거위소리를 내는가 하면 오줌을 싸놓기도 하고 또 흥분의 도가니에 빠져 제자리를 빙빙 돌며 똥을 몇 차례 싸놓기도 한다. 이렇듯 녀석은 자연의 품안에서 온 몸으로 행복을 즐기고 있는 모양새다.

이같이 행복이 녀석에게 코를 통해 시작되는 것처럼, 인간에게는 손이나 발을 통해서 시작되는 경우가 의외로 많다. 우리 인간도 강아지와 마찬가지로 행복이 신체의 움직임에서 비롯된다는 뜻이다. 아마 고개를 갸우뚱거리는 사람들이 꽤 될 것이다. 또 이렇게 말하면 고대 그리스의 플라톤이나 근대의 문을 연 데카르트에게 또 사유의 저수지라 불리는 칸트에게 야단맞을 이야기라고 하지 않을까 생각하는 사람들이 꽤나 많을 것이다. 고대 소크라테스나 플라톤이 바라 본 인간의 신체는 정신을 가두는 감옥이라고 할 정도로 정신에 비해 육체를 하등한 것으로 봤기 때문이다.

물론 정신이 육체에 신호를 보내 움직임을 이끌어내는 경우는 많다. 내가 조이 녀석과 산행을 가자고 나의 정신이 몸에 신호를 보내야만 내 신체는 걷는 행동으로 화답한다. 내가 산책 노트를 써야겠다는 마음이 생성되어야만 나는 펜을 들고 원고에 글을 써 내려간다. 내 몸이 정신의 도구라는 생각의 한 예이다.

그러나 역으로 정신이 육체를 온전히 지배하지 못하는 순간도 수두룩하다. 지금 행복하고 싶으니까 뇌에 있는 신경세포들에게 엔돌핀을 분비시켜 줘, 라고 정신이 나의 뇌 세포들에게 아무리 명령을 내려 본들 내 육체가 곧장 응답해줄 리 없다. 또 내 혈관 세포가 혈관 안에서 일하는 것에 대해 정신이 육체에 어떤 지시를 내려 본들 그것들은 아무런 기능을 수행하지 못한다.

아주 위급한 상황에서는 더욱 그렇다. 막다른 골목에서 칼을 든 강도가 갑자기 나타나 칼을 휘두르며 극도의 공포감을 조성한다면 명령을 내려야 할 정신은 아무런 역할을 하지 못한다. 순간적으로 공황에 빠지며 공포에 질식한다. 무서움과 두려움을 넘어 극한 공포가 순간적으로 정신활동을 정지시켜버리기 때문이다.

그때 우리 육체는 본능적으로 음식물 소화활동, 성적 행동, 사물 인지능력 등의 활동을 일시적으로 정지시킨다. 또 다른 한편으로는 엄청난 양의 심장 박동 수 증가, 혈압과 맥박 수 증가 그

리고 지방분해 등을 증가시켜 숨겨놓은 자신 에너지의 적응을 위해 재지정 시켜나간다. 이처럼 이런 급박한 상황에서는 육체의 자동통제장치만이 작동될 뿐이고 정신은 아무런 역할을 수행하지 못한다.

신체 전체로 세계를 인식한다. 메를로 뽕띠

나 역시 조이 녀석과 산책할 때면 신체 전체로 누리는 행복을 자주 경험한다. 물론 일말의 의무감에서 산책을 하고 있긴 하지만 숲과 나뭇가지에서 품어 나오는 냄새, 지저귀는 새소리, 다람쥐, 토끼, 들고양이들의 뛰어가는 모양과 재잘거림 등 도시지역에서 도저히 맛볼 수 없는 만족감이 분명히 존재한다. 게다가 조이 녀석처럼 맨발로 산길의 흙을 밟을 때 발끝으로 전해

오는 쾌감은 이루 말할 수 없다. 발을 통해 시작되는 행복이 아닐 수 없다.

탁구는 라켓으로 하는 운동이다. 상대방과 공을 치고받는, 랠리의 경쾌함도 그렇고 공이 상대방의 코너에 꽂힐 때의 짜릿함은 손을 통해 시작된다. 가끔 기타를 치며 노래하는 순간도 손가락이 즐거운 시간을 열어준다.

텃밭에서의 기쁨도 마찬가지다. 우리 식구는 아주 작은 텃밭을 가꾸고 있다. 봄에 심은 깻잎과 상추가 무성하게 자라나는 풍경을 보노라면 마음이 뿌듯해진다. 더욱이 비온 후 식물들은 더욱 푸른 모습을 띠며 튼실하게 자란다. 손끝이 열어준 행복이다.

이와 달리 오늘날 디지털 가상세계에서 주는 많은 기쁨들은 우리의 손이나 발에서 시작되지 않는다. 그 가상세계는 손과 발을 제쳐놓고 바로 뇌 회로 쾌감신경을 자극한다. 그래서 디지털에서의 쾌감은 온 신체 깊숙한 곳에서 전해오는 행복과는 질적인 면에서 상당한 차이를 보인다. 어딘가 얕고 빠르다. 우리가 애써 손과 발을 부지런히 움직여야 할 이유가 여기에 있다. 그런 의미에서 디지털세계에서 살아가는 오늘날 우리는 메를로 뽕띠의 말을 새겨들을 필요가 있다. "우리는 신체 전체로 대상이나 세계를 인식해야 한다."

성충동의 정점에 연인들은 눈을 감는다

조이 녀석과 산책을 하다보면 크고 작은 반려견들을 자주 마주치곤 한다. 그럴 때마다 녀석은 두려운 상대에게는 몸을 곧추세우며 경계를 드러내고, 친근하다 싶은 상대에게는 꼬리를 흔들며 반가움을 표시한다. 그런데 가끔은 그 반가움이 도를 넘어서, 내 얼굴이 화끈거릴 만큼 노골적인 애정행각으로 치닫곤 한다.

강아지들은 처음 마주하면 코끝을 맞대고 냄새분자를 주고받는다. 우리가 시각으로 어떤 대상을 판단하듯, 그들은 후각으로 상대의 성정과 감정을 더듬는 듯하다. 그러다 성기와 항문 쪽 냄새를 맡으며 호감과 거부감을 가늠한다. 이 의례적인 상견례가 끝나면, 서로를 피하거나 혹은 더 가까이 다가가 장난을 치며 노는 것이 그들의 자연스러운 방식이다.

그런데 그날따라 조이 녀석은 체구가 비슷한 청색 옷 강아지를 보더니 마치 뒤집어 눕히려는 듯 엉덩이 쪽에 올라타 승가자세를 취했다. 자신의 성기를 상대의 엉덩이에 부딪히듯 반복해서 붙였다 떼는 마운팅 동작이었다.

보통 이런 행동을 암컷은 발정기가 아닐 땐 달가워하지 않는다고 알려져 있는데, 그 청색 강아지는 싫다는 기색을 전혀 보이지 않았다. 그래서인지 조이는 더욱 노골적으로 집요한 스킨십을 이어갔다. 결국 청색 강아지의 견주는 손사래를 치며 두 녀석을 떼어내려 애를 썼고, 나는 민망함과 미안함에 조이를 얼른 품에 안고 그 자리를 벗어났다.

사실 조이 녀석의 이런 행동은 다른 동물에서도 쉽게 볼 수 있는, 종족 보존을 위한 자연스러운 성충동이다. 인간도 비슷한 측면이 많다. 다만 인간은 여기서 한 발 더 나아간다. 인간은 순수한 재생산의 본능을 넘어, 남는 힘을 향락으로 전환할 줄 안다. 그 잉여의 영역에서 더 깊고 복잡한 쾌감을 맛보기 때문이다. 그것은 생명을 잇는 단순한 충족을 넘어, 때로는 고통까지 섞인 기묘한 행복이다. 자크 라캉이 말한 주이상스Jouissance, 고통이 수반되는 희열이나 향락, 즉 고통을 품은 희열의 영역이 바로 그것이다.

그러한 '주이상스'의 단계인 성충동의 정점에 이르면 연인들

은 눈을 감는다. 시간은 정지되고 공간이 해체되며 검은 어둠이 파도처럼 밀려들어 연인들의 시야를 덮기 때문이다. 그리고 연인들은 함께 어디론가 미끄러져 나간다. 사회의 규율을 벗어난 바깥, 언어가 닿지 않는 바깥, 시공간과 우리의 관습이 무너지는 바깥으로.

여기서 '바깥으로 나간다.'는 말은 헬라어 '엑스타시스_{ekstasis}'에서 왔다. 사실 오늘날 우리가 말하는 '엑스타시_{ectstasy}'가 황홀경의 어원이 된 단어이다.

연인들은 그 황홀 속에서 인간 사회의 경계를 가볍게 뛰어넘고, 일상의 규율을 잊은 채 의미의 세계 밖으로 미끄러진다. 그곳에서 그들은 평소 입에 담지도 못할 모호하고 외설적이며 낯선 말들과 몸짓들을 자유롭게 주고받는다. 고통과 쾌락이 뒤섞인 주이상스가 심연에서 솟구치기 때문이다. 조르주 바타유가 이러한 오르가즘의 순간을 '작은 죽음'이라고 표현한 것도 이 때문이다. 그 순간, 우리를 둘러싸고 있던 시간과 언어, 문화와 관습이 모두 사라져버린다.

이 작은 죽음의 순간을 고대 로마 시인, 루크레티우스는 〈사물의 본성에 관하여〉 제4권 '사랑의 열정에 대한 비판'에서 이렇게 자세히 묘사해 놓았다.

"사랑에 빠진 사람들의 열정은 소유의 순간조차 불확실한 방황 속에서 출렁인다. 무엇을 먼저 눈과 손으로 즐길지에 대해 몰라 자신들이 추구하던 바를 억누르며 육체에 고통을 가한다. 이는 쾌감이 순수하지 않아서가 아니라, 무엇이든 그 대상 자체를 다치게 하고 자극을 부추기는 숨은 힘이 존재하기 때문이다. 그 속에서 광기의 싹이 돋아난다. 하지만 비너스_{아프로디테 여신}의 은총은 그 고통 속에서도 달콤한 쾌락을 섞어 입술을 재갈처럼 부드럽게 물린다.

이 쾌락은 인간이 더 많이 갈구할수록 가슴속 욕망을 더욱 불태우게 만드는 유일한 대상이다. 물과 빵은 몸 안에서 흡수되어 일정한 자리에 자리 잡으므로, 그 욕구는 쉽게 채워진다.

그러나 사람의 얼굴과 아름다운 색체는 육체 안으로 들어와 즐거움을 제공하지 않는다. 허망한 기대는 종종 바람 속에서만 붙잡히고, 마치 목마른 사람이 꿈속에서 물을 마시려 애쓰는 것처럼, 사지는 열기 속에서 허기진 채 타오른다. 비너스는 그렇게 사랑에 빠진 자들을 가볍게 희롱하며, 손끝에서 부드러운 사지를 제대로 벗겨내지 못하게 한다.

확신 없이 방황하던 몸이 마침내 사지로 서로를 찾고, 청춘의 꽃을 만끽하게 만든다. 육체는 이미 즐거움을 예고하고, 여성의

밭에 비너스가 씨를 뿌릴 바로 그 순간, 그들은 탐욕스럽게 몸을 맞대고 입술의 타액을 섞으며 숨을 헐떡인다. 열망으로써 비너스의 연합 속에 서로 엉겨 붙는다. 사지는 쾌락의 힘에 맡겨 늘어지고, 모였던 욕망은 힘줄 속에서 무너지며 잠깐의 작은 휴식이 찾아온다. 그러나 잠시 스러진 광란은 오래가지 못하고, 같은 광기가 되돌아오며 저 광포함이 또 다시 찾아든다.”

시간들이 깨어나고 생물들이 출렁인다

며칠째 봄볕이 따스하게 내리쬐고 있는 이른 봄 휴일 날이다. 산골 대지에 두텁게 얼었던 흙덩이가 강렬한 햇살에 밀려 서서히 부풀어 오른다. 겨우내 침잠되어 있던 시간들이 깨어나고, 숨어 지내던 생명들이 물결치듯 출렁거린다. 농토를 따라 길게 뻗어있는 논두렁 밭도랑에도 봄기운이 짙게 배어든다. 말라있던 물길과 여울 바닥에 물방울이 피어나 햇볕에 반짝거린다. 이제 모든 만물은 새로 피어나고 봄은 이 생명을 향해 행복한 출생의 시간을 알린다.

자전거를 타고 가던 나이 지긋한 농부와 얼굴을 마주친다. 깊게 패인 잔주름에 검게 그을린 얼굴이며 그가 가진 선하고 따뜻한 눈망울은 하나같이 이곳 농부들이 지니고 있는 얼굴 표정의 큰 특징이다. 거짓 없는 이 자연의 정기와 무척 닮아있다. 나

는 반가운 눈인사를 나누고, 조이 녀석도 꼬리를 흔들며 인사를 보탠다. 며칠 전부터 논흙을 살피는 농부들의 발길이 부쩍 잦아졌다.

마을로 들어가는 버스의 요란한 경적소리가 산골에 울려 퍼진다. 논두렁에서 길가로 뛰어오던 고라니가 버스를 보고 놀라, 야산 숲속으로 황급히 몸을 숨긴다. 마을버스는 길게 뻗어있는 도로 위에서 느릿하게 기어가는 농기계와 들짐승을 만나면 어김없이 경적을 울려 조심을 알린다. 버스가 내뿜는 흙먼지가 뒤따르던 나와 조이 녀석을 한차례 휘감아 지나간다.

농토 너머에 있는 들녘에 이르렀다. 올해도 심술궂은 꽃샘추위로 다소 늦었지만 산벚꽃과 철쭉이 군락을 이루고 진달래와 개나리가 앞 다투어 꽃망울을 터뜨린다. 백당나무도 수수꽃다리라일락도 하얀 꽃잎을 이내 피워낸다. 조팝나무에 하얗게 피어난 꽃숭어리는 우산모양을 띠며 주렁주렁 열려있다. 매자나무에 돋은 노란 꽃잎은 포도송이처럼 줄기에 오밀조밀 매달려 있고 복사나무는 분홍 꽃을 화사하게 드리우며 벌써부터 복숭아 열매를 열망하게 한다. 해당화는 아직 연두색 잎만 내밀고 있다. 화려한 꽃잎은 아마 한두 달 후에 만발할 것이다.

배 밭에서 펼치는 배꽃의 향연은 봄의 흥취를 한층 끌어올린다. 더욱이 봄날 밤, 달빛 아래 희디 흰 배꽃에서 흐르는 흥취는 도시지역에서 펼치는 벚꽃축제의 감흥과는 완연히 다르다. 화려함으로 치자면 배꽃이 벚꽃에 따르지 못할 것이나 그 청아함과 담백한 기품만큼은 벚꽃이 가히 범접하지 못한다. 게다가 옛 시인의 노래처럼 이화에 월백月白하는 야경을 걷노라면 일지춘심一枝春心으로 말미암아 다정多情이 병病인 양하여 그날 밤 잠 못 이룰 각오를 해야 한다.

열흘이 흘렀다. 배나무 몸뚱어리에서 가느다란 새싹이 돋아나기 시작했다. 아직 엽록소를 채 만들지 못한 새싹은 붉은 기를 머금고 하얀 배꽃을 올려다보고, 어느새 연둣빛을 띠기 시작한 새순들은 꽃잎을 나무 밖으로 밀어내며 분주히 자라난다. 춘흥을 한껏 끌어올린 하얀 배꽃은 이렇게 한잎 두잎 땅으로 추락하고는 새로운 생명에게 자리를 비워준다.

이는 단순한 소멸이 아니고 또 다른 생명을 품기 위한 죽음이다. 존재와 무無가 한순간 서로 스며드는 이유도 여기에 있다. 열매의 새싹이 이미 소멸해버린 꽃잎 속에 깃들어 있기 때문이다. 이렇듯 봄의 시간은 생명을 잉태하고 꽃을 피워 생령을 찬란한 절정으로 유도하고는 마침내 그 절정의 순간에 다시금 떨어뜨리며 삶과 죽음의 모든 결을 한꺼번에 껴안는다.

예년이면 봄마다 기승을 부리던 황사가 올해는 유독 잠잠하다. 그래서인지 봄나물을 캐러 오는 사람들의 발걸음이 예전보다 훨씬 많다. 휴일 등산객과 나들이객들도 부쩍 늘었다.

산기슭에 차를 세우고 걸어 나오는 노부부와 마주쳤다. 내가 인사를 건네자 조이 녀석 역시 꼬리를 저으며 반기고, 그들은 웃으며 손을 흔들다 조이를 한 번 안아주기까지 한다. 이 땅이 할머니의 고향이라 휴일이면 가끔 찾는다고 일러준다. 인사를 나눈 뒤, 그들은 미나리며 쑥 또 냉이며 두릅 그리고 오래된 향수鄕愁를 봉지에 담아가듯 자연의 품으로 천천히 스며들어 간다.

슬픈 감정에 화상입지 않는 방법

집배원이 초인종을 누르면 조이 녀석은 깜짝 놀라 짖으며 현관문으로 달려간다. 더군다나 집배원이 집에 들어오면 녀석은 즉각적으로 감정 폭발을 드러낸다. 미친 듯 짖어대며 대문을 향해 돌진하고 집배원의 그림자가 시야에서 완전히 사라질 때까지 그 난리는 멈추지 않는다. 두려움이 점화되면 생존을 지키려는 녀석의 본능이 곧바로 작동되기 때문이다. 매번 반복되는 이런 패턴으로 진땀을 흘린 나는 꾀를 낸 끝에 집배원에게 간식과자를 건네며 조이에게 그 과자를 던지라고 부탁하곤 한다.

그런데 정말 신기할 정도로 간식과자는 녀석에게 즉각적인 감정반응을 자제시킨다. 그 과자는 외부세계의 어떠한 자극도 통과할 수 없도록 녀석의 감정 표면 위에 단단한 보호막이 덧씌워지는 역할을 톡톡히 해준다.

한 줌의 경건이 삶을 붙잡아준다.

인간에게도 감정을 지켜주는 무언가가 있다. 바로 경건이다. 경건은 녀석의 간식과자처럼 외부세계의 충격적인 반응으로부터 감정을 지켜준다. 더불어 유한자로서 우리 존재의 심연 속에 있는 고통과 비극, 무의미의 슬픈 감정으로부터 화상을 입지 않도록 돕는다. 경건은 삶의 에너지가 거주 가능하게 해준다. 지혜로운 선택을 유도하기도 한다.

그런데 이런 지혜는 즉각적인 감정반응을 연기하는 힘에서 비롯된다. 그런 결과 격한 감정에서 솟구친 어리석은 선택을 막아준다. 또 감정의 급류 한복판에서도 판단의 여러 갈래 길을 살필 수 있게 돕는다.

전통시대, 옛 사람들의 경건 장소는 신줏단지가 모셔져 있는 사당이었다. 성스러운 시간을 생산해낸 장소였고 근엄하고 조심스럽고 정성스러움을 갖춘 곳이었다. 사당을 꾸릴 형편이 못 된 서민들은 서낭당에서 경건의 시간을 보냈고, 그마저도 여의치 않을 경우엔 물 한 그릇을 떠다 기도하는 곳이면 어느 곳이든 모두 경건을 이룬 장소였다. 이렇듯 경건은 옛 사람들의 의식과 삶의 공간, 행동양식, 감정반응을 붙잡아 준 고정점이었다.

　기독교와 불교에서 치르는 예배는 경건의 시간이고 그 의식은 성스러움을 자아낸다. 기독교인들에게 신약과 구약으로 이루어진 기독교 성경은 기독교인들의 삶을 고정시킬 수 있는 고정점이다. 경건과 성스러움으로 가득한 금강반야바라밀경과 반야심경 등 불교경전들 역시 불자들을 경건과 성스러움으로 안내해 평생에 걸쳐서 그들의 정신적 위치를 고정시킨다. 깊은 명상 또한 경건의 시간을 빚어낸다. 긴 호흡 속 성찰의 시간과 삶의 여운을 갖는 다도茶道도 삶의 의식과 감정의 표면에 보호막을 설치해준다.

　반면에 달리기, 테니스 등 운동 활동, 등산, 낚시 등 취미생활하기, 합창단 등 동호회 활동하기, 카페에서 수다 떨기, 동료들과 술 마시며 스트레스 풀기 등 우리가 일상에서 행하는 활동들은 기쁨을 주고 쾌감 신경을 자극해 주긴 하지만 경건함과 성스러움을 생산해내기엔 어딘가 닿지 못한다.

　오늘날엔 경건한 시간이 점점 설자리를 잃고 있다. 과학이라는 실증주의의 굳은 신념이 성스러움을 유희하고 미신이라 떠드는 희롱이 경건의 시간에 어깃장을 놓는다. 이로 인해 이 시대에 경건의 시간이 점점 사라져 가고 있다.

하지만 삶의 보호 장치로서의 경건이 제거되면 인간의 삶은 완전히 무방비 상태에 노출하게 된다. 그래서 감정의 좌표가 쉽게 흐트러지기 쉽다. 감정의 보호막이 파괴되고 존재 내면 깊숙이 잠겨있는 슬픔, 허무감이 깨어나 삶의 에너지를 훼방 놓는다.

왜냐하면 인간은 인과법칙이라는 이성의 지배를 받기도 하지만 한편으로는 신성한 성질이 있어서 초월적이고 자유로운 존재_{임마누엘 칸트의 말}이기도 하기 때문이다. 이렇듯 경건은 그 두 성질이 충돌하지 않도록 감정을 붙들어 주는, 보이지 않는 한 줌의 힘이다.

우리를 붙잡아주는 조용한 힘

조이 녀석이 생후 2개월 무렵에 입양되어 우리 가족이 되었는데, 그 시절 녀석은 지금과 완전히 딴판이었다. 2kg 정도 된 가벼운 체구였음에도 불구하고 에너지가 끓어 넘치고 호기심이 많은 아이처럼 집안 구석구석을 돌아다니며 사고치기 일쑤였다. 대소변을 가리지 못해 집안 곳곳에 배설물을 흘렸고 전기코드를 물어뜯는가하면 바닥에 놓인 화분을 물어 내팽개치고 또 쓰레기통을 뒤엎는 일이 다반사였다.

심지어 거실 그림을 교체하려고 줄에 연결된 철사 스프링을 깜빡 바닥에 떨어뜨렸는데, 녀석이 냉큼 주워 먹어, 급히 녀석을 데리고 동물병원 응급실에 다녀오기도 했다. 8년이 지난 지금도 녀석의 그런 충동적인 행동이 완전히 사그라지진 않았지만 이젠 우리 식구가 되어 인간의 사회문화 속에서 길들여진 덕택에 그 시절처럼 그렇게 말썽을 부리지는 않는다.

이렇듯 육체에 정직하게 반응을 보이는 조이는 쾌락원칙에 매우 충실히 따르는 녀석이다. 마치 생후 얼마 되지 않는 아이들과 매우 비슷하다. 아이들은 오로지 육체적 욕구와 육체적 쾌, 불쾌에 따라 반응하고 그 필요를 자기 엄마에게 요구한다.

쾌락원칙은 육체적 본능의 활동을 지배하는 원리이다. 이 쾌락원칙은 원시적이며 선천적인 본능을 충족시키려드는 행동양식이다. 이에 반해 현실원칙은 사회 속에서 길러진 자아가 진리와 윤리, 선과 악, 아름다움과 추함을 가르는 기준을 세우며 쾌락을 제어하는 역할을 한다. 이 현실원칙은 인간의 사회문화를 통해 쾌락원칙에 개입하고 억압해 온 결과 형성된다.

이런 현상을 두고 지그문트 프로이드는 인간의 역사는 억압의 역사다, 라고 했고 쾌락원칙에서 현실원칙으로 건너가는 과정이야말로 인간에게 매우 커다란 외상트라우마, trauma이다, 라며 정신분석의 실마리를 이 지점에 두려고 했다.

오늘날 우리가 쾌락원칙만을 좇아 산다면 행복은 고사하고 우리 모두의 생존 자체가 불가능해진다. 이 원칙이 기본적으로 파괴적인 속성을 갖는 까닭이다. 인간의 사회문화 세계가 이 원칙을 개입하고 억압해야 할 이유다. 따라서 현실원칙의 쾌락원칙에 대한 기본적 억압은 사회문화를 가꾸며 함께 살아가는 우리들에게 불가피한 일이다.

　현실원칙은 미래 목표를 두고 수고와 노력을 다 함과 동시에 희망과 행복을 갈망하는 인간들을 양산한다. 비록 타인의 갈망_{자크 라캉}이라고는 하나 무언가를 갈망하는 인간은 대개 자신을 보존하고 생명을 유지하며 행복의 시간을 꿈꾼다.

　이와 달리 쾌락원칙에서의 갈망은 현실원칙의 기본질서 이전의 갈망으로 이 원칙의 극단에는 생명조차도 파괴하는 갈망이 버텨있다. 이런 쾌락원칙이 원하는 갈망의 체계는 죽음을 지향_{타나토스, Thanatos}하는 것이다. 죽어버릴 때까지 쾌락을 지향한다. 죽음 따위를 초과한 쾌락원칙이다. 마약이 그렇고 죽음을 무릅쓰고 성애_{교미}를 갖는 동물들이 좋은 예다.

　하지만 현실원칙이 만들어낸 이 답답한 질서 속에서도 인간의 사회문화세계에 틈을 내고 그 세계를 월담하려는 사람들이 항상 등장한다. 어떤 이들은 권력을 손에 쥐고 폭력을 휘둘러 현실원칙을 깨려든다. 수많은 사람들을 학살한 히틀러나 스탈린같은 사람들이다. 자신의 신념이나 가치를 따르기를 강요한다. 쾌락원칙에 대해 기본적인 억압을 넘어 과잉억압을 강제한다. 이런 지독한 억압은 인간의 행복시간을 빼앗는 것은 물론이고 우리의 숨구멍을 막아버리는, 불행의 시간으로 밀어 넣는 행위이다.

반면에 인간의 사회문화 세계의 균열을 폭력의 도구를 동원하지 않고 오히려 건강한 자본으로 이끄는 사람들이 있다. 균열되고 깨진 곳들을 건강한 자본으로 메우려는 시도다. 이른바 예술 행위가 그렇고 사랑에로스함도 그러하고 또 종교가 그렇다.

예술은 금 간 세계를 색으로 칠해 그 틈에 숨을 불어넣고, 사랑은 인간의 본능을 타인과의 연결로 승화시키며, 종교는 삶의 상처 위에 초월의 희망을 드리운다. 이들 모두는 쾌락과 현실 사이의 긴장 속에서 우리의 세계가 무너지지 않도록 붙잡아 주는 조용한 힘이다.

사랑은 피동적이며 우연히 찾아온다

나는 가끔, 조이 녀석 같은 강아지들도 우리 인간처럼 이성異性에게 사랑해요, 하고 말하며 은은한 핑크빛 감정을 품을 수 있을까, 하고 생각할 때가 있다. 수컷인 이 녀석이 암컷을 만나 애정행동을 보이는 장면을 수도 없이 보아 왔기 때문이다. 물론 그 행동의 대부분은 녀석이 발정된 순간, 그러니까 오롯이 생명을 잇기 위한 본능에서 비롯된 것임을 나는 잘 안다.

그러다보니 그 행동을 인간이 느끼는 사랑, 곧 에로스적 희망과 기대, 행복이 뒤엉켜 피어나는 감정과 같은 층위에서 해석하기엔, 나는 여전히 망설여진다. 9살을 넘어선 나이지만 정신적 연령으로 보자면 고작 30개월의 갓난아이에 머무는 존재에게 그런 복잡한 감정이 깃들 수 있을까, 하는 생각 때문이다.

하지만 아이의 틀을 벗어난 인간은 다르다. 우리는 사랑해요,

라는 작지만 기묘한 마법을 품고 있는 이 말을 구사할 줄 안다. 연인들은 이 한마디를 통해 어제의 사랑을 확인하고, 내일의 사랑을 약속받고자 한다. 그리고 이 말은 신비하게도 듣는 이에게도 또 말하는 이에게도 가슴을 부풀게 하고 이내 행복감에 잠기도록 요술을 부린다. 그래서 우리는 사랑하는 사람에게 다가가 다정히 속삭인다.

"사랑해요"

연인들끼리 소곤소곤하는 이 말은 수많은 사람들이 가장 많이 하는 말이라서 오래전에 휘발되었지만, 그럼에도 색다르게 사랑의 감정을 표현하고 싶어도 달리 나타내지 못해 우리는 사랑하는 사람을 향해 또다시 이 말을 속삭인다. 그것도 매일 매일.

"사랑해요"

흔하디흔한 이 말은, 어제도 사랑했고 오늘도 사랑하며 내일 또 사랑하리라는 사랑 약속이 숨어있다. 게다가 나와 당신 사이에 사랑의 확인이며 동시에 또다시 사랑을 시작하자는 독려이다. 그래서 우리는 마법을 부리기라도 하듯 오늘도 소곤거린다.

“사랑해요”

사랑한다는 말은 동사와 형용사로 모습을 드러내지, 명사로 표현할 방법이 없다. 사랑을 하나의 언어와 개념으로 가두어 둘 수 없기 때문이다.

“사랑해요”

이 사랑은 동사로 공기를 가르고 형용사로 공기에 색깔을 입힐 때 그 흔적이 살포시 포착된다. 동사이기에 살아있고, 형용사이기에 빛을 발한다.

"사랑해요"

이렇듯 움직임, 변화라는 속성을 갖는 까닭에 사랑은 고정되어 한 군데 묶여 있지 않고 동적인 공간에서만 그 형상의 움직임이 포착된다.

"사랑해요"

이 말이 거주할 수 있는 공간에 우리가 들어서는 순간, 우리는 자기 마음을 통제하거나 계획을 세울 수 없고 오로지 당하는 입장에 서야만 한다. 황홀했다가도 초조해지는 이 공간에서의 사랑 감정은 시도 때도 없이 우리 마음에 드나들며 혼을 빼놓기 일쑤다.

"사랑해요"

이 무대로 들어서게 되면 사랑을 하지 않겠다고 맘을 먹는다고 회피할 수 있는 것이 아니요, 그렇다고 우리가 계획적으로 이런 저런 사랑을 창조해 낼 수도 없다. 사랑은 피동적으로 그것도 우연히 탄생하기 때문이다. 밑도 끝도 없이 불쑥 나타나 설레게 했다가도 느닷없이 상처를 입히기도 한다.

“사랑해요”

　이 말이 오가는 동적 공간은 나와 당신이 함께 존재하며, 그래서 나와 당신이 동일시되는 자리이다. 그러므로 나와 그 사람이 조화로울 땐 황홀하지만, 모순되어 어긋나면 한없이 괴롭다. 그래서 거기엔 설렘과 환희 그리고 초조함이, 또 황홀함과 아픔이, 심지어 삶과 죽음마저 함께 공존한다.

“사랑해요”

　이 간절한 주문의 말을 속삭일 수 있는 동적 공간을 사람들은 오늘도 찾아 나선다. 행복함과 슬픔이 함께 드러누워 있는, 혼미하지만 황홀한 그곳, 예측할 수 없는 축제가 끝없이 펼쳐지는 그 무대를 향해.

백로 날개 너머엔 태고의 시간이 걸려있다

도심 속 빌딩 안에서 하루에 8시간 일하는 사람보다 시골 땅에서 하루에 8시간 일하는 사람이 정신적 스트레스가 훨씬 적다는 스탠퍼드대학교 연구원의 보고가 있다. 아마도 위협적인 자극에 즉각 반응하는 뇌 안의 편도체두려움을 느낄 때 활성화되는 뇌 기능가 시골의 자연환경에서 훨씬 더 편한 휴식을 취할 수 있기 때문일 것이다. 이는 도시 생활에 길들여진 이들의 편도체가 그만큼 과도하게 활동하며 더 쉽게 피로해진다는 뜻이기도 하다. 내가 조이 녀석과 함께 호수나 산을 거닐 때마다 느끼는 그 평화와 안락함은 이 같은 자연이 내리는 선물일 터이다.

우리가 휴일이면 가끔 찾는 호수가 하나 있다. 이 호수는 동·서·북 삼면이 모두 산봉우리로 감싸인 곳이라 사람의 손길도, 차량의 소음도 좀처럼 닿지 않는 곳이다. 관광객을 위한 식당도, 외

지 차량도 눈에 띄지 않는 곳이다. 호수 주변 어디에도 흔한 카페나 레스토랑이 들어서지 않았고, 외지인을 끌어 모을 관광지 개발도 이뤄지지 않았다.

그래서인지 이곳에는 오래도록 이어져 온 사람과 철새와 동물과 식물의 숨결이 고스란히 배어 있다. 이 땅을 지켜온 사람들 역시 어머니 품과도 같은 이 대지를 갈고 써레질하고 닦아가며 자연의 시간을 오롯이 살아내고 있다.

우리가 백로를 보기 위해 자주 밟는 길이 이 호수를 에두르는 호숫길이다. 호수에서 떨어져 내린 낙수는 한천을 타고 서해바다까지 넘실거리며 흘러간다. 호수 주차장에 차를 세우고 조이 녀석과 함께 호숫길로 들어서면 호수를 에워싸고 있던 물안개는 햇빛에 서서히 걷히고 잔잔한 남실바람이 조이 녀석의 새하얀 털을 가른다.

지느러미를 너풀거리며 물위로 뛰어 오르다 수면 아래로 입수하는 쏘가리가 호수 안에 침잠되어 있던 존재의 시간을 깨운다. 강태공이 가만있을 리 없다. 낚시찌에 미끼를 얹어 강물에 던진다. 물 위로 불끈 솟는 찌를 재빨리 낚아채는 그의 손길과 이에 맞서 놀란 쏘가리가 낚싯줄을 팽팽히 당기며 서로의 힘겨루기가 시작된다. 물결은 동그랗게 퍼져나가 조이가 선 곳까지 잔잔히 번져온다. 나도 조이도, 솔나무 가지 위 백로도 호수가 품어

올리는 이 평화로운 풍경을 묵묵히 바라보고 있다.

　이곳에서 살아가는 생물체는 시시각각 변동하는 날씨 변화와 변모하는 계절에 민감하게 반응한다. 하늘을 가르며 내리꽂는 소낙비도, 하염없이 쏟아지는 함박눈도, 온 대지를 갈라놓을 가뭄의 기척도 그들은 온몸으로 감지하고 대비한다. 농부들 역시 자신들의 진실함을 자연의 섭리와 조응하며 살아간다. 그들은 기후 변화를 짚어가며 파종을, 모내기를, 그리고 추수의 시기를 재고, 또 오랫동안 이어져 온 생명의 리듬을 거슬리지 않으려 애쓴다.

　호수 건너편에는 논두렁과 들판이 산 중턱까지 부드럽게 이어져 있다. 산과 들과 흙과 길과 농부들 그리고 계절마다 변신하며 나와 조이 녀석을 반기는 꽃과 나무가 풍성히 어우러져 있다. 백로 역시 이 풍취 속에서 우리와 삶을 나눈다. 목을 빼고 긴 부리로 먹이를 찾는 백로의 자태는 우아하고 고매하다. 초록 볏 잎 사이로 드러난 긴 다리와 눈처럼 흰 깃이 무척 곱다. 논두렁에서 수려하게 날아올라 마침내 창공을 고고하게 가르는 백로의 날개 너머엔 태고의 시간이 고요히 걸려있다.

사회가 만들어 낸 인간의 귀꺼풀

반려견, 조이 녀석은 대부분 짖는 소리로 대문 앞에 놓인 배달 물건의 도착을 내게 가장 먼저 알려준다. 대문 밖에 뭔가 있다는 일종의 신호다. 내가 하던 일을 멈추지 않고 지체하려 들면 내가 대문을 향할 때까지 나를 쳐다보고 짖고, 또 대문을 향해 짖으며 내 발걸음을 재촉한다. 녀석은 이렇듯 외부 소리에 유난히 민감하다.

밖에서 인기척이 나거나 물건을 내려놓는 소리는 물론이고 누군가가 홍보물을 대문에 붙이는 미세한 마찰음조차 녀석은 놓치지 않는다. 조용하고 평온한 집 안의 분위기를 깨뜨리는 외부 소리가 그에게는 불쾌감이자 스트레스로 다가온 까닭이다. 배달 온 물건을 집 안으로 갖다 놓고 녀석이 좋아하는 자연소리나 잔잔한 클래식음악을 들려주면, 녀석은 다시 편안히 몸을 내려놓고 혀를 날름거리며 쉰다.

이렇듯 녀석이 인간인 나보다 훨씬 뛰어난 청각능력을 갖추고 있지만 들음이라는 청각시스템에 있어선 녀석과 나는 상당히 닮아 있다. 녀석이나 내게는 귀꺼풀이 없다는 평범한 사실이다. 귀꺼풀이 없다는 점은 나와 녀석 모두 선택적으로 듣지 못한 채 소리를 온전하게 또 빠짐없이 들어야 하는 존재라는 뜻이다. 이 말은 듣는 행위에는 늘 순종과 복종이 수반된다는 함의도 들어있다.

우리는 어머니 배속에 있을 때부터 듣기 시작한다. 엄마 태중에 있는 태아는, 뭔가를 보기 이전부터 또 말하기 이전부터, 먼저 어떤 소리를 듣는다. 어머니 뱃속에서 귀꺼풀을 닫을 수 없으므로 어떤 소리가 들려오든 그 침입하는 소리를 그대로 받아들일 수밖에 없다.

아가야 사랑해, 하는 엄마의 목소리, 우리 아기 잘도 잔다, 하는 엄마가 들려주는 자장가를 아이는 듣고 자란다. 이는 아이가 말하기 이전이고 논리적인 언어를 구사하기 이전의 소리이다. 의미의 세계가 생성되기 이전의 소리이고 사회문화의 옷을 걸치기 이전의 가장 원초적인 음향이다.

그러므로 뱃속에서 들리는 이 소리는 의미전달 수단이 아니다. 아이는 그저 소리의 고저와 흐름만을 기억한다. 아가야 사

랑해, 우리 아기 잘도 잔다, 라는 엄마의 목소리를 듣지만 아이는 어떤 의미인지 모른다. 그래서 아이는 의미를 두지 않는 소리 흐름으로만 기억한다. 이와 같이 의미화가 되지 않는 동물적이면서 자연적인 소리를 파스칼 키냐르는 프르동fredon이라 일컬었다.

의미가 완전히 제거된 소리다. 졸졸졸 흐르는 시냇물 소리, 살랑살랑 실바람이 풀밭에 스치는 소리, 새들이 재잘거리는 소리이다. 언어의 세계로 또 사회문화의 세계로 나오기 이전에 어머니의 동굴 속에서 들었던 이 프르동을 우리 모두는 간직하고 있다. 프르동은 아마득한 우리의 시원적 기억 속에 아로새겨져 있다. 멀고 먼 옛날 옛적 아득함을 간직해 온 이 프르동은 우리에게 태초의 소리고, 고향의 소리며 평화의 소리임과 동시에 행복의 근원으로 우리의 기억 속에 깊이 간직해있다.

프르동을 선명히 기억했던 어린 시절, 아이는 세계를 이중적으로 보지 않았다. 아이와 엄마는 또 아이와 세계는 분리되지 않았다. 아이에게는 자신이 세계였고 세계가 곧 자신이었다. 여전히 들음으로써 복종했고 아직은 말하지 못하는 자였으며 모국어도 없는 상태였다. 이 시절엔 오로지 동물적인 청각능력만을 지닌 채 온전히 들음으로써 세계와 연결되어 있었다.

그런데 어느 날, 아이는 말을 배우기 시작한다. 세상의 사회문화와 질서 또 그 의미를 익히기 시작한다. 이 순간부터 언어는 아이를 세계로부터 떼어 놓는다. 자아와 세계의 분리다. 이런 이원성, 둘로 구분되는 구조주의는 이 언어로부터 태어나고 의미로부터 쪼개진다. 한 나라의 언어를 익힌다는 것은 그 언어에 종속된다는 것이고 그 나라의 사회문화와 법과 도덕과 관습 등에 구속된다는 뜻이다.

이때부터 아이들의 동물적인 청각능력은 조금씩 퇴화되기 시작한다. 행복의 근원인 프르동도 서서히 망각해 간다. 그즈음 인간의 사회문화는 행복 조각 사회적 성공 등들을 애드벌룬 띄워 아이들의 시선을 사로잡는다.

○○주식회사 전무 홍길동이라는 신분을 알리는 명함은 오늘날 자기정체성을 드러내는 자아이자 기표 시니피앙, signifiant가 되어 우리의 사회문화세계를 지배한다. 그러므로 이 세상에서 사회적 성공을 거둘수록 그 사람의 동물적인 청각기능은 그것들에 의해 덮여버려 그 능력이 상실되어간다. 동물이나 본래의 인간에게 없던 귀꺼풀이 사회문화라는 이름으로 생겨나고 그 위로 동물적 청각 능력은 얇은 먼지처럼 덮여 사라져 간다.

그래서 사회적 성공을 거둘수록 들음, 곧 경청에서 얻는 기쁨이나 행복감을 제대로 느끼지 못하는 경향을 보인다. 타인의 말을 끝까지 들으려 하지 않고 자신의 주장을 말하는데 집착한다. 듣는 동안에는 답답함을 느끼고 말 하는 동안에는 기분이 좋아진다. 말 할수록 쾌감중추신경이 자극되기 때문이다.

그 결과 태초의 소리며 행복의 근원인 프르동의 기억도 망각하여 잃어간다. 더불어 사회적 성공을 상징하는 명함은 쾌감중추신경을 자극하는 새로운 기쁨 도구가 된다. 인간의 사회문화가 약속한 또 하나의 행복 조각이기 때문이다. 사회문화 세계에서의 신념이나 의미도 마찬가지다. 이런 것들 역시 뇌의 쾌감 시스템을 부드럽게 작동시키는 인간 사회에서의 환한 행복 조각들이다.

철든 인간이 마음의 문짝을 살그머니 비튼다.

반려견, 조이 녀석은 집을 방문하는 손님을 보면 흥분을 주체하지 못한다. 녀석은 초인종이 울리면서부터 감정이 들끓고 대문으로 쏜살같이 달려간다. 내가 제지할 겨를도 없이 방문객에게 뛰어 올라 손님을 난감하게 만든다. 물론 손님이 대문을 열기 전에 나는 녀석을 품에 바짝 꺼안으며 손님을 집안으로 들이는 경우가 다반사지만 그 타이밍을 놓치면 한바탕 소란을 겪는다. 조이의 이런 반응은 불청객에 대한 경계심이기도 하지만, 이는 가식이 한 점 없는 녀석의 솔직한 감정에서 비롯한다.

강아지에게 겸손은 정말이지 어렵다.

녀석을 안고 소파 테이블에서 차를 마시며 손님과 이런저런 이야기를 나누다보면 녀석은 언제 그랬냐는 듯이 평안한 얼굴

로 꼬리를 흔들며 손님에게 친숙한 척 한다. 꼬리를 나풀거리며 슬그머니 손님에게 호감을 표시한다. 그리고 이윽고 내 팔을 툭툭 치며 내려놓아 달라는 신호를 보낸다. 이내 거실 바닥에 내려주면 녀석은 재빨리 손님이 앉아있는 소파에 오르며 까만 눈망울로 손님을 간절하게 바라본다. 침 한 방울을 떨어뜨리며 손님이 먹고 있는 견과류를 달라는 몸짓을 보내기도 한다.

이내 녀석은 기어코 견과류를 얻어먹고는, 이에 한술 더 떠 손님에게 더 다가가기도 하고 무릎에 안기도 한다. 또 손님의 손을 빨고 손님의 턱과 얼굴을 핥기도 한다. 손님의 감정 따위는 일절 고려하지 않고, 오로지 자신의 육체적 기쁨을 여과 없이 드러내는, 얄궂고도 순진한 녀석이다. 자신의 육체에 정직하게 반응하는, 가식 없는 선한 강아지랄까.

이처럼 육체적 감정에 정직하게 반응하는 조이 녀석과 같은 전형적인 인간이 알베르 까뮈 작품, 〈이방인〉의 주인공, 뫼르소이다. 육체적 쾌감과 우리 몸에 베인 습관은 긴밀히 연관을 갖는다. 몸뚱어리는 습관을 사랑하고 육체에 정직하게 반응한다. 그런 반면 통상 우리 인간의 정신은 철이 들어간다. 그러면서 인격이라는 가면^{페르소나, Persona}을 사용해 필터링을 거친 반응을 내놓는다. 그러므로 동물인 조이는 습관을 사랑하고 인간인 나는 가면을 통해 육체적 반응을 참기도 하고 자제도 하며 녀석과 다른 행동을 추구하려 든다.

하지만 소설 속, 인간 뫼르소는 조이 녀석처럼 습관을 사랑한다. 그에게 진실은 육체이기 때문이다. 연인관계인 마리에게 육체적 정욕을 느끼고 또 함께 있을 때는 즐거운 쾌락의 시간을 갖지만 마리는 뫼르소의 육체적 진실 속에 놓여 있는 습관을 바꾸어놓지 못한다. 어머니의 죽음도 그에게 그다지 슬퍼할 일이 아니다.

뫼르소는 따가운 햇볕에 이글거리는 해변에서 그늘진 샘에 누워있는 한 아랍인을 발견한다. 날은 너무 뜨겁다. 그는 타오르는 불볕을 맞으며 총을 든 채 아랍인이 누워있는 샘으로 발걸음을 옮긴다. 아랍인은 몸을 일으키지 않고 단도를 뽑아 태양에 비춰 그에게로 겨눈다. 빛이 강철 위로 반사되자 번쩍거리는 칼날 빛이 뫼르소의 이마에 와서 부딪힌다.

그리고 얼마안가 총소리가 난다. 뜨거움이, 이글거리는 태양이, 또 칼날에 반사되어 번쩍거리는 그 빛이 그로 하여금 방아쇠를 당기게 만든다.

얼마 후 그는 움직이지 않는 아랍인의 몸에 총알 네 방을 더 쏜다. 총을 쏜 그는, 이 총소리는 불행의 문을 두드리는 네 번의 짧은 노크 소리와 같다, 고 태연스럽게 혼자 중얼거린다.

육체적 쾌감에 밀려 타인의 감정이 뒷전으로 밀리는, 가식 없는 인간성을 지닌 그답게 그는 판사 앞에서 다음과 같은 최후 진술을 마치며 이내 사형 선고를 언도받는다. "아랍인을 죽일 의도는 없었습니다. 우연이었습니다. 모두 이글거린 이 놈의 태양 때문이었습니다. 어처구니없다고 생각하겠지만 이것만큼은 진실입니다."

이렇듯 카뮈는 소설의 주인공, 뫼르소를 통해 인격personality이나 인품 혹은 역할이라는 가면persona을 쓰지 않는, 이른바 철들지 않는 인간은 인간의 사회문화세계에서 얼마나 위험한 존재가 되어 가는지 생생히 고발한다. 사실 우리가 늘 착용하고 다니는 인품이나 역할이라는 가면은 어린 시절부터 가정교육이나 학교교육 또 성인이 되어 사회교육 등을 통해 또한 사회문화의 요구에 의해 형성되고 강화되어 간다.

동료나 친구로서의 가면, 회사원으로서의 가면, 선생으로서 또 부모로서의 가면 등 그것의 형성은 다양한 경로를 거쳐 이루어진다. 이렇게 만들어진 가면은 우리 몸의 피부와 매우 밀착되어 있어서 쉽게 벗겨지지 않는다. 만일 가면을 벗을라치면 얼굴의 살점이 툭툭 떨어져나가는 고통을 견뎌야 한다. 한편 이 가면은 사회관계 속에서 주위 사람들의 요구에 영향을 받고 또 수용해가며 만들어지기 때문에 사회생활을 원활하게 하고 또 잘 유지하게 도와준다.

그런데 여기서 한 가지 유의할 점은 가면을 쓴 사람의 정체성은 본래 자신의 본래 모습과는 상당히 거리가 있다는 사실이다. 왜냐하면 우리 인간도 동물인, 조이 녀석처럼 육체에 정직한 반응을 보였던 때인 갓난아이 시절_{생후 30개월 정도}이 있었고 그것으로 말미암아 그 시절 우리가 가졌던 성질과 쾌 불쾌의 감정세포가 철들어 가면을 쓰고 있는 우리 성인의 몸에도 고스란히 남아 있기 때문이다.

그런 결과, 강아지처럼 갓난아이 시절, 육체에 솔직하게 반응했던 우리 인간이 교육을 통해 또 사회문화의 요구에 의해 가면을 쓰고 철들면서 감정세계의 자전축이 살그머니 비틀어지게 됐다. 아량을 베푼 척, 너그러운 척, 강한 척, 아프지 않는 척 등등의 가면이 우리 내면의 마음을 가공하여 정신세계를 분절시켰기 때문이다.

철든 인간이 마음의 문짝을 살그머니 비튼다.

육체적 반응을 자제시키는 인간의 가면이 인간 정신세계의 문짝을 불가피하게 비틀어 정신세계의 기울기가 만들어짐 오히려 행복을 방해하고 정신적 후유증을 겪게 되는 아이러니가 발생하고 있다. 철든 강아지가 아프지 않는 척 참다가 통증을 견디지 못하고 뒤늦게 엉엉 짖는 꼴이다. 마치 지구가 23.5° 기울어 다양한 사계절을 만들어내는 변화무쌍한 이치처럼 정신세계의 기울기 역시 다양한 정신적 사계절을 양산하고 있다.

이로 인해 억압된 육체적 욕망이 마음에서는 강박증으로 또 때로 몸에서는 히스테리로 분출되기도 한다. 이처럼 육체적 문제와 정신적 문제의 충돌이 여러 신체적 또는 정신적인 말썽을 일으켜 다양한 애로사항들을 노출시킨다.

그러므로 이런 세계를 살아가는 우리는 이를 해결하려는 노력이 필요하다. 그러려면 먼저 현재의 나와 본래의 자아를 자신 스스로에게 폭로시키는 작업이 불가피하다. 그 간격을 확인할 수 있고 그럼으로써 여러 대처방안을 세울 수 있기 때문이다. 매일 규칙적으로 운동하여 스트레스를 푼달지 여행을 다니며 자신 안에 있는 정신적 압박감을 떨쳐내야 한다.

또한 자신의 자연성에도 귀를 기울여야한다. 자신의 자연적육 체적인 속성 면에서 너무 가혹한 억압 자신의 몸을 도구화한 예로는, 어떤 시험 대비 목적으로 몇 년 동안 잠을 억제하며 책상에만 앉아있진 않았는지, 오랫동안 오로지 일정한 운동연습만을 혹독하게 했달 지 혹은 오랜 기간 동안 모질게 악기 연습만 했던 예술 가랄지 등이나 학대는 없었는지 그로인해 감정의 굴곡이 심해지진 않았는지 돌아봐야 한다. 또 자신의 신체적 욕구는 제대로 파악 되고 있는지 또 가면 속에 감춰진 자신의 진정한 모습이나 욕구 는 무엇인지 찾는 성찰도 매우 절실하다.

아울러 사회적으로는, 사회생활을 원활하게 도와주는 가면의 용도가 궁극적으로는 개개인 인간의 행복을 위한 장치여야 한 다는 점에 대해 사회적으로 공감대를 형성해 보다 너그러운 사 회문화세계로의 변화 추구도 필요한 오늘날이 아닌가 생각한 다. 아량이 넘치고 여유롭고 포용하는 사회일수록 인간의 상실 감이나 상처, 소외를 겪는 개인이 점점 줄어들기 때문이다.

나르키소스 시대에 에코로 산다는 것

산책길에서 자주 마주치는 강아지들 가운데, 내가 가장 편안함을 느끼는 강아지는 조이와 비슷한 체구, 그러니까 대략 몸무게가 6kg내지 8kg 남짓한 녀석들이다. 덩치가 너무 큰 개 앞에서는 조이가 두려움을 품는 듯하고, 너무 작은 아이들과는 예전에 눈가를 물린 기억 때문인지 내가 오히려 조심스러워진다.

그럼에도 체구와 관계없이 늘 편안하게 느껴지는 한 부류가 있으니, 바로 조이와 같은 비숑 계열의 강아지들이다. 지금까지 비숑 강아지를 만나 불쾌해하거나 난감한 상황을 겪은 적이 한 번도 없었던 까닭이다.

그날도 산책 도중 하얀 털이 복슬복슬한 비숑을 만났고, 녀석들은 언제나처럼 코끝을 맞대며 냄새로 인사를 나누었다. 이어 의례적인 순서대로 서로의 성기와 항문 쪽으로 향해 냄새분자를 주고받았다. 그러다 조이가 제자리에서 빙글 돌더니 상대의 엉덩이 위로 올라타기 시작했다. 애정의 몸짓, 혹은 지배 욕구로도 읽히는 그 마운팅 자세 말이다.

그러나 그날의 상대 녀석은 조이와 달랐다. 조이의 접근을 일절 받아주지 않았고 심지어 냉담하기까지 했다. 조이는 계속해서 상대의 엉덩이 쪽을 타고 오르려 했고, 상대는 이를 피해 달아나려 했다. 결국 나는 조이를 번쩍 안아 올리고 회색 털의 견주에게 미안하다는 말을 남기며 자리를 벗어났다.

집으로 돌아오는 길에, 나는 상대 강아지의 태도를 곱씹으며 문득 그리스로마 신화의 한 장면이 떠올랐다. 에코와 나르키소스 이야기였다. 상대에게 다가가려 애쓰던 조이는 마치 열정으로 몸을 태우던 에코와도 닮았고, 조이에게 눈길조차 주지 않던 상대는 냉담한 나르키소스를 연상시켰다.

에코적 인간은 결핍이 많아 늘 사랑을 갈망한다. 반면 나르키소스적 인간은 완벽을 좇아 마음이 냉랭하다. 에코는 나르키소스와의 간격을 없애려 하고, 나르키소스는 그 거리조차 짐스러워 뒷걸음을 친다.

신화 속 에코의 가슴은 텅 비어 있어 사랑을 찾아 헤맨다. 반면 나르키소스의 가슴은 꽉 차 있어 부족함을 모른다. 그래서 타인에게 무심하고 차갑다. 나르키소스는 에코의 애정을 부담스럽게 여기고 에코는 그 부담스러움을 아랑곳하지 않는다. 오히려 그 럴수록 에코의 심장은 나르키소스를 향해 더욱 뜨겁게 타오른다.

요새 젊은 청춘들이 그렇다. 나르키소스처럼 사랑과 연애를 멀리하고, 비혼은 어느새 하나의 유행처럼 번지고 있다. 에코의 울림 같은 청춘은 자꾸 희미해지고, 대신 스스로의 그림자만을 더 또렷이 사랑하는 나르키소스적 청춘들이 늘어가는 듯하다. 사랑조차 시도하지 않은 채 청춘을 통과하는 이들이 이제는 낯설지 않다.

돌이켜 보면, 이는 오천 년 역사에서도 쉽사리 찾아보기 어려운 풍경인 것이다. 아마도 이전과는 다른 사회적 조건, 이를테면 경제적 향상으로 인해 더 이상 결핍을 일상처럼 견디지 않아도 되는 시대가 열린 탓일지도 모른다.

또 한편으로는, 서로에게 건네고 밀어내며 다시 당겨오는, 그 과정에서 소모되는 사랑의 에너지를 요즘 청춘들은 본능적으로 회피하려는 듯하다. 게다가 사회에 발을 내딛는 순간부터 조여오는 무한경쟁의 숨 막힘이 그들의 사랑할 수 있는 힘마저 깎아

먹고 있고 성과중심주의의 무게 아래 청춘의 몸과 마음 또한 지치게 만들어버리는 것 같다.

그러니 우리, 기성세대는 청춘들에게 더 이상 예전처럼 말할 수 없을 것 같다. "젊음을 마음껏 태워보라, 사랑은 너희의 특권이다, 손을 맞잡고 뺨을 비비고 서로의 가슴에 안겨라, 상처를 두려워하지 마라, 그것은 성장통일 뿐이다……." 이젠 이런 말을 함부로 건네기 어려운 시대가 되어버렸다.

그럼에도 불구하고, 사랑에는 삶의 에너지가 듬뿍 들어있다는 사실을 말하지 않을 수 없다. 사랑은 거친 들판에서 달리며 길러낸 야성을 품고, 아직 정제되지 않은 원초적 감정까지 끌어안는 힘을 지닌 것이 분명하기 때문이다. 하물며 사랑은 예측불허가 빚어낸 축제이지 않는가. 그래서 태곳적부터 사랑은 푸른 한계선을 넘나드는 청춘들의 전유물이 되어왔던 것이다.

그래서 염치없지만, 그래도 이 한마디는 전하고 싶다.
"청춘들이여, 마음의 문을 조금씩 열어보길 바란다. 스스로를 외딴 섬에 가두지 말고, 광장으로 걸어 나와 타인의 손을 잡아보길 바란다. 세상은 여전히 그대들의 타오름을 기다리고 있기 때문이란다."

야생화는 화려하되 억지스러움이 없다

한여름 장마가 시작되면, 비 줄기보다 더 요란한 것으로 천둥과 번개가 몰아치는 떠들썩한 소리를 들 수 있다. 우리는 그 소란 속에서 자연의 거대한 숭고미_{칸트가 말한 숭고함}에 경탄하면서도, 동시에 두려움의 깊이를 절감한다. 세상을 한입에 삼킬 듯 번뜩이는 번개와 뒤이어 폭발하듯 울려 퍼진 천둥은, 경외를 넘어 공포의 그림자를 길게 드리운다.

나는 피뢰침이 우리를 지켜줄 것이라는 믿음에, 이러다 그치겠지, 하고 중얼거리며 하던 일을 계속하지만, 조이의 반응은 사뭇 다르다. 녀석은 창가로 달려가 번개를 보고 짖고, 다시 다른 창가로 내달려 천둥소리에 놀라 짖어대며 갈피를 잡지 못한다. 인간보다 훨씬 민감한 귀를 지닌 탓인지, 그 공포의 깊이는 우리와는 비교할 수 없을 만큼 큰 듯하다.

그러나 천둥과 번개는 언제 그랬냐는 듯 곧 다른 지역으로 자리를 옮긴다. 열대성 기후의 장맛비가 한곳에 머무르지 않는 습성 덕이다. 그제야 조이는 비로소 평온을 되찾고, 길게 혀를 날름거리며 안도의 숨을 내쉰다.

태풍이 한반도를 할퀴고 지나간 이틀 동안, 조이와 나는 꼼짝없이 집안에 갇혀 있었다. 태풍이 잦아든 다음 날이 되어서야 비로소 우리는 시골 숲길로 발을 들일 수 있었다. 중복의 찜통더위가 대지를 달구는 동안, 땅 위의 생명들은 몰라보게 자라 있었다. 논에는 벼가 실하게 여물고, 길게 뻗은 줄기 사이로 통통한 이삭이 슬며시 몸을 내민다. 논두렁을 거니는 백로는 성큼 자란 볏 잎에 가려, 흰 머리와 노란 부리로만 존재를 알려준다.

밭에서 자라고 있는 풋고추, 오이, 깻잎, 콩, 가지나물도 성장 속도가 여간 아니다. 포도나무, 배나무, 복숭아나무에 주렁주렁 열려있는 열매가 실팍하게 영글어가고 있다. 이 열매는 종이와 비닐을 씌어 보호된다. 당도를 최상으로 만들기 위한 수고들일 테지만 새들에게 쪼이지 않으려면 조심스러움이 바짝 깃들어야 한다.

산자락엔 강아지풀, 쇠뜨기풀, 말동가리풀, 여우각시풀, 엉겅

퀴, 족두리꽃, 칡넝쿨의 세상이다. 인간의 관심을 벗어난 탓인지 그들의 생김새도 거칠어 보이고 피워낸 군락도 제각각이다. 이 들풀은 인간이 만든 질서와 문화를 도통 따르지 않는다. 그러함에도 들풀은 자신들의 생존을 위해 다른 풀의 성장을 크게 방해하지 않는다. 적절한 터에 뿌리를 두고 알맞은 공간에 자신의 몸체를 키워 나간다. 번식력도 여간 쌘 게 아니다. 이들은 하늘과 땅과 바람과 물과 쉼 없이 교류하고 자연과 조화를 이루며 자신들만의 생을 성실히 이어간다.

반면 인간의 번식력 쇠퇴는 오래전부터 사회적 논란의 중심에 서 있다. 결혼을 늦추는 젊은이들만이 아니라, 불임으로 고통받는 부부가 늘고, 극심한 스트레스 속에서 부부관계를 피하거나 이어가기 어려워진 '섹스리스 부부' 문제도 언론에 자주 등장한다. 지독한 경쟁의 체제가 결국 행복하고 단란해야 할 가정의 터전을 흔들고 있다.

부부의 성이 도대체 무엇인가. 인류의 원초적인 에너지이자 신비요, 사랑이고 생명이고 아름다움이며 행복의 극치 아닌가. 그 근원적 힘이 변하거나 소멸해가고 있으니 안타까운 일이 아닐 수 없다. 따지고 보면 이 모두 막대한 경제적 부담의 무게가 인간의 생태계를 어긋나게 하고, 자연과의 교감을 가로막는 아이러니한 시대가 출현한 탓이리라.

들판 끄트머리에 위치한 산자락은 폭염에 아랑곳하지 않고 생동감으로 가득 차 있다. 달맞이꽃과 나팔꽃, 도라지꽃에 코를 묻고 행복을 정신없이 들이마시는 조이를 바라보면 절로 미소를 머금게 된다. 형형색색을 띤 이들 야생화의 멋스러움은 화려하되 어색함이 없고 억지를 부리지 않으며 적당한 자기주장이 느껴진다. 그래서 일찍이 우현 고유섭 선생1905-1944께선 우리 고유의 야생화를 보고 '구수한 큰 맛'이라고 했던가. 논길과 밭길 양길섶엔 번식력이 강한 흰 개망초와 노란 코스모스가 긴 목을 내밀며 이 열 횡대로 나와 조이 녀석을 반기며 서 있다.

여행을 마치자 허전해진 당신

나는 산책을 나서기 전, 거실에서 팔굽혀펴기푸시업를 하며 몸을 푼다. 오랫동안 이런 모습을 보아온 반려견, 조이 녀석은 이 짧은 준비운동만으로도 곧 산책이 시작될 것을 단박에 알아차렸다는 듯, 녀석은 설렘을 감추지 못한 채, 소파 위에서 두러 눕고 몸부림을 치다가 어느새 내 곁으로 다가와 바닥에 드러눕는다. 그리곤 머리를 돌리기도 하고 몸체를 좌우로 딩굴며 기쁨을 한껏 표현한다. 마치 스스로 간지럼을 태우고 가려워 흥분된다는 듯이 드러누워 행복한 설렘의 시간을 보낸다. 이렇듯 내가 준비 운동하는 이 짧은 순간은 녀석에게 기다림과 희망이 가장 농축된 시간인 듯하다.

행복의 전초기지, 설렘

이처럼 온종일 집안에만 갇혀 있는 녀석에게 산책이라는 갈망을 품는 이 순간은 녀석에게 설렘이 샘솟는 작은 사건이다. 갈망이 시작되는 순간, 신체에서의 첫 반응이 설렘이기 때문이다. 마치 우리가 여행지와 날짜를 확정한 이후 설렌 마음을 안고 준비하는, 그런 갈망을 품는 모습과 비슷하다. 그런데 여행을 마치고 나면 대개 허전함을 호소하는 사람들이 많다. 설렘과 갈망하는 시간 모두를 잃어버리기 때문이다.

갈망하다, desire의 라틴어, de-siderare는 de멀리 이탈하다와 sid-erare별을 보며 머무름로 이루어져 있다. 이 라틴어에서 보듯, 갈망한다는 것은 한 곳에 머물지 않고 지금 이곳에서 벗어나 방황하고 서성거린다는 뜻이다.

복잡한 수학문제를 풀며 고민하고 있는 학생에게 바로 해답지를 제공한다면 그에게 설렘과 갈망의 시간을 뺏는 꼴이 된다. 낚시꾼에게 이미 포획된 물고기를 건네주는 것 역시 그가 품을 수 있는 갈망의 시간을 낚는 행위이다. 대부분 낚시꾼들은 그런 포획물 수령을 거부한다. 그들이 원하는 것은 스스로 낚는 행위인 것이고 또 그것을 갈망하는 시간을 확보하려하는 것이기 때문에 즉각적인 쾌락물을 오히려 거부한다.

케이 씨 베리지가 수행한 쥐 실험에서도 이런 갈망의 구조를 잘 보여준다. 그는 쥐의 시상하부의 바깥쪽을 통과하는 도파민 신경을 차단했더니 쥐가 음식을 찾으려 돌아다니지 않고 음식이 옆에 있어도 집어 먹으려 하지 않는다는 사실을 발견한다. 다만 음식에 대한 쾌락은 그대로 유지한다는 점도 확보한다.

그러니까 맛있는 음식을 쥐에게 내놓으면 녀석이 입맛을 다시면서 음식을 먹기는 하지만 그 음식을 찾아다니는 그런 행동은 않더라는 것이다. 이는 도파민 신경이 파괴된 쥐는 음식을 즐기기는 하지만 굳이 구하려는 적극적인 행동을 하지 않는다는 뜻이고, 반면에 정상 쥐에게 도파민을 자극하면 음식을 즐기기도 하지만 음식을 갈망하는 행동, 즉 음식을 찾아 돌아다니는 행동이 활발하게 작용된다는 뜻이다.

위대한 작품의 기준은 쾌락을 주지 않고 갈망을 갈구하게 만든 작품이다. 파스칼 키냐르

파스칼 키냐르는 심지어 글을 쓰는 작가들에게도 당부한다. 원고에 글쓴이의 주제나 의도를 너무 명료하게 담았을 때 독자들에게 갈망의 시간을 빼앗는 꼴이 되므로 가능한 애매한 글쓰

기로 읽는 이로 하여금 글에서 무언가 갈구하게 만들어야 한다고 충고한다. 자크 라캉도 독자들로 하여금 갈망을 갈구하는 글쓰기를 권면하고 있다.

이렇듯 갈망하며 설렘을 갖는 인간은 마음 한 구석에 자리하고 있는 무한한 슬픈 감정을 제압한다. 갈망하는 시간이 인간에게 삶의 에너지를 제공하기 때문이다. 갈망은 그 에너지로 늘 과거와 다른 새로운 것들을 생산해 낸다. 삶의 역동성이 충만해진다. 그리고 갈망이 인간을 살찌우게 만든다. 그러므로 우리는 고되고 힘들더라도 갈망하는 시간을 갖으려 무단히 애를 쓴다. 그 시간이야말로 삶을 앞으로 밀어 올리는 보이지 않는 힘이기 때문이다.

낭만적 사랑은 늘 금기를 넘는다.

비가 오는 날이면 나는 가능한 조이와의 산책을 삼가는 편이다. 녀석이 감기 걸릴 가능성이 큰데다 산책 후 녀석을 씻기는 일까지 마치려면 시간이 꽤나 소요되기 때문이다. 혹여 가능하다고 해도 평일에는 엄두를 내기 어렵다. 그래서 나는 대개 여름의 한복판, 더위가 맹렬히 기승을 부릴 때, 그것도 휴가철 즈음에야 조이와 함께 빗속을 거닐며 낭만을 즐기곤 한다.

내가 자주 오르는 산책길 입구에서 오르막이 끝나는 길목에는 팔각형 지붕의 정자가 자리하고 있다. 그곳은 산책 나온 사람들이 잠시 쉬거나 비를 피하는 공간이다. 우리는 매번 그곳에서 사람들이 옹기종기 모여 있는 모습을 마주하곤 한다.

조이와 나 역시 비를 피하러 그곳에 자주 들른다. 하지만 한여름의 더위가 기승을 부릴 때면, 우리는 온전히 비를 맞으며 건

기도 한다. 그때 조이의 흰 털과 내 검은 머리는 빗물에 흠뻑 젖어, 마치 물에 젖은 생쥐처럼 사람들의 시선과 웃음거리가 되기 십상이다.

우산을 쓰면 문화생활이고 비를 맞으면 낭만이다.

하지만 정자에 앉아 있는 사람들이 비를 맞은 우리를 바라본다면, 과연 낭만적이라고 생각할까? 아마 대부분은 '살짝 미쳤다' 거나 '뭔가 덜 떨어진 사람'이라고 여길 것이다. 과연 그럴까. 먼저 낭만의 어원을 살펴보면, 낭만을 뜻하는 로맨스Romance나 로맨틱Romantic은 모두 로마Roma라는 단어에서 비롯되었음을 짐작할 수 있다.

고대 로마는 유럽에서 최고의 사회문화를 구가하고 있었고, 그 변방에 있는 나라들, 일테면 오늘날 프랑스나 독일 또 동유럽 등은 로마 문화권과 거리가 상당히 떨어져 있던 까닭에 로마에서 보자면 변방지역이요 야만인의 땅이었다. 그래서 로마인들은, 변방지역 사람들을 로마스럽다Romantic라고 부르기 시작했다. 오늘날 우리가 쓰는 '낭만'이라는 단어는 바로 이 로마스럽다, 라는 개념에서 발전된 것이다.

즉 낭만이란 인간의 문화와 반대편에 위치한, 자연적 충동에 자신을 맡기는 행위를 뜻한다. 그런 의미에서 나는 비를 맞으며 산책하는 순간을 '낭만'이라고 표현한 것이다. 우산이라는 문화를 뒤로한 채, 자연에 몸을 맡기며 우리는 스스로 그런 낭만을 즐긴 것이다.

많은 사람들은 흔히 낭만이라 하면 에메랄드빛 바다나 파스텔톤의 아름다운 풍경 혹은 핑크빛 사랑을 떠올린다. 그러나 그것은 낭만의 지극히 일부일 뿐이다. 낭만은 문명과 자연의 경계에서, 인간의 사회문화와 대척점에 서 있을 때 비로소 말할 수 있는 현상이다. 그래서 진정, 낭만적인 사랑을 원한다면, 그대는 사회문화적 시선과 통념을 잠시 내려놓는 용기가 있어야 한다.

그 용기를 보여준 사람이 바로 나혜석이다. 일제강점기 초기, 우리나라 최초의 신여성이라 불린 그녀는 일본 유학 시절에 만난 최승구에게 첫사랑의 설렘을 느낀다. 그러나 그는 얼마 지나지 않아 폐병으로 세상을 떠난다. 이는 21살의 나혜석에게 이루 말할 수 없는 충격이었다.

조선으로 건너 온 그녀는 미술교사로 학생들을 가르치고 문학 작품을 통해 가부장제도의 모순과 현모양처로 제한되는 가부장하에서의 여성관을 깨뜨리고자 여성 계몽운동에 앞장선다.

3.1운동에 뛰어들어 5개월간 옥고를 치르던 중, 그녀에게 구애를 펼친 김우영의 변론으로 무죄를 받아 풀려난다. 일본 유학시절 나혜석을 보고 한 눈에 반한 김우영이었다. 그가 마음의 빚을 그녀에게 안긴 것이었다. 이후 끈질긴 그의 프로포즈는 그간 닫혔던 나혜석의 마음을 서서히 열게 만든다.

이후 둘은 결혼하고 결혼이후에도 그녀는 미술과 문학 활동에서 활발한 활동을 이어간다. 경성일보사 후원으로 치러진 첫 미술 개인전에는 오천 명이 넘는 관람객들로 인산인해를 이루었고, 문예지 학지광과 폐허에 시 작품을 연이어 발표한다.

그러던 중 그녀의 낭만적 사랑은 유럽에서 격렬하게 불타오른다. 파리와 베를린에서 만난 최린과의 에로틱한 끌림은 당시 조선의 사회적 규범과 충돌한다. 1927년에 이들이 만난 곳은 모두 에로스의 공간이었다. 이국땅에 둘만이 남아 있는 그 땅은 서로의 끌림이 살아 움직이는 공간이었다. 그곳은 에펠탑이었고 박물관이었고 식당이었고 극장이었고 유람선이었고 화랑이었고 카페였고 이글거리는 눈빛을 마주한 곳이었고 에로스의 화살을 주고받은 공간이었다.

이들의 불륜을 목격한 한인 한 사람이 자신의 행실을 나무라자 그녀는 당당하게 맞서기도 했다. "사람이 배고프면 밥을 먹잖아요. 색이 일면 색을 쓰는 게 뭐가 잘못된 건가요? 그걸 남자들만 할 수 있는 일이랍니까?" 강제로 끌려야 했던 삶의 단호한 독립선언이었다. 바람피우는 일이 남자들에겐 아름다운 낭만^{로맨스}이였지만 여자들에겐 화냥년으로 주홍글씨를 씌우던 시절이었다. 결국 이를 알아 챈 남편 김우영은 그녀의 자유를 용납하지 않았고, 결국 냉혹한 이혼을 행하고 동시에 당시 조선 사회 역시 그녀에게 사회적 매장을 가한다.

이혼 후, 1934년 나혜석은 문예지 삼천리에 자신의 연애, 결혼, 이혼에 이르는 과정을 담은 이혼 고백서를 두 번에 걸쳐 실으며 억지로 끌려야 했던 삶을 정면으로 반박한다.

"조선 남자들 마음을 도저히 이해할 수 없어요. 자신들은 정조 관념도 없으면서 처에게나 일반 여성에게 정조를 요구하고 그러면서 또 남의 정조는 뺏으려고 안간힘을 다합니다. 남자들이여, 그대들은 정녕 여자 인간을 원하는 것이요? 여자 인형을 원하는 것이요? 늙지도 화내지도 않고 당신들이 원할 때 안아주어야 하고 항상 방긋방긋 웃기만 해야 합니까? 나는 모순 천지인 당신들의 노리개를 단호히 거부합니다."

이 일로 조선 팔도 사람들은 나혜석을 죽일 년, 미친년, 화냥년이라는 비난과 멸시를 보냈고 심지어 그녀 그림을 소장하고 있던 애호가들은 그 회화 작품을 폐기처분한다. 이렇게 당시 사회와 조선의 남자들은 그녀가 이 사회에서 다시는 재기하지 못하도록 그녀를 완전히 매장시켜 버린다.

그 이후, 사회적 멸시, 자식에 대한 그리움, 경제적 궁핍으로 심신이 허약해진 그녀는 정신착란 증세를 보였고 몸은 마비되어 반신불수가 된다. 그러던 중인 1948년 겨울에 눈보라가 심하게 내리치던 어느 날, 그녀는 거리에서 한 행인에 의해 싸늘한 주검으로 발견되어 병원 영안실에 안치된다. 그녀를 그토록 억눌렀던, 강제로 끌려야 했던 삶 역시 그녀의 몸뚱어리와 함께 그리고 낭만적 사랑을 택한 당시 사회의 혹독한 형벌과 함께 기어이 그 끝을 맺는다.

익은 볏 잎들은 서로 바짝 껴안는다

일주일 사이로 대형 태풍 두 개가 우리나라를 관통하더니 폭염을 뿌리던 더위가 꼬리를 완전히 감추었다. 그덕에 가을은 말도 없이 우리 곁에 불쑥 다가와 있었다. 높아진 하늘은 더욱 푸르게 트였고, 아침저녁으로 스미는 공기엔 서늘함이 맴돌았다. 코끝을 스치고 지나가는 바람은 제법 매섭게 느껴온다. 절기는 거짓말을 하지 않는다던 옛말이 새삼 떠오르는 순간이었다. 생각해보니, 한가위 명절도 이제 보름 남짓 남았다.

논에는 벼줄기와 볏 잎 또 이삭의 성장이 절정을 이루어 서로 바싹 껴안고 있다. 백로가 노닐 공간적 틈을 일절 허락하지 않는다. 백로는 논둑으로 쫓겨나 겨우 먹이를 조아먹고 있다. 고스러진 황금색 벼 이삭은 제 무개를 이기지 못하고 땅을 향해 축 쳐져있다. 잠자리 한 마리만 내려앉아도 금세 쓰러질 듯 아슬아슬

하다. 총총 거닐고 있는 조이 녀석의 코에 닿을 정도다. 벼가 제대로 익어가고 있다.

하지만 저수지 주변 논은 처참하다. 곧추 서 있어야 할 벼가 통째로 쓰러져 있다. 그것도 물속에 잠겨 수몰되어 있다. 구월 들어 먼저 들어 닥친 태풍은, 바람만 거셌지 비를 몰고 오지 않은 탓에 벼의 피해가 그리 심하지 않았다. 문제는 두 번째 태풍이었다. 한반도를 관통하여 매서운 바람으로 고개 숙인 이삭을 후려치고, 이어 퍼부은 폭우가 농작물을 잇달아 내동댕이 쳐 완전히 땅에 눕혀버렸다. 성숙기에 든 벼는 바람보다 무거운 소나기가 더 무섭다, 던 농부의 근심이 그대로 현실이 되고 말았다. 놀고 있는 땅만 보면 무엇이든 심고 싶다던 농부의, 그리고 흙의 정직함을 믿어온 그의 애틋한 심지가 이번 풍파에 얼마나 상했을지 염려된다.

농부의 아내와 며느리는 가지와 풋고추를 살피고 있다. 농부의 아내는 콩나무에 농약을 치느라 정신이 없다. 뜯겨나간 콩잎 몇 무더기가 눈에 띄어 이유를 묻자, 그녀는 고라니의 짓일 거라며 조용히 웃어넘긴다.

야산에서 서식하고 있는 고라니는 입이 어린아이 같이 짧아서 들깨처럼 쓰고 신맛 나는 나물은 잘 먹지 않는다고 한다. 또 비록 부드러운 콩잎이라고 하더라도 이렇게 불이 난 잎마른 잎은 역시 절대로 입에 대질 않는다고 한다. 고라니는 주로 사람들의 발걸음이 끊긴 밤에 몰래 밭으로 내려와 콩잎이며 팥잎을 가리지 않고 먹어 치운다는 것이다. 나와 조이를 번갈아보고 고추 잎을 만지작거리는 그녀의 표정은 원망과는 거리가 멀어 보인다. 오히려 자연의 짓을 자연의 몫으로 용인하는 듯한 그녀의 너른 마음이 내겐 퍽 인상적으로 다가왔다.

논에는 쓰러진 벼를 세우는 작업이 한창이다. 이 마을 사람들 모두가 팔을 걷고 나섰다. 나이 든 농부는 물론이고 그날은 아들도 공사판 출근을 미뤘다. 앞으로도 며칠간은 아들도 벼농사에 전념해야 한다. 자칫 누워있는 벼에 싹이 트면 수발아穗發芽 현상이 나타나 농사를 망칠 수 있기 때문이다.

농부는 말할 것도 없거니와 덧없이 찾아 온 아들내외, 이제 갓 귀농한 이 부부의 황그리는 심정이 말이 아닐 듯하다. 도시에서 상한 마음을 안고 돌아왔건만 기껏 고향의 흙은 이렇듯 푸대접해주고 있으니 그럴 만도 한 것이다. 고향 땅을 밟자마자 겪어야 하는 아들 내외의 시련이 참 시리게 다가온다. 그것도 타지도 아니고 마음을 포근히 감싸주어야 하는 고향 땅이라서 더욱 그렇다.

웃음 없는 하루는 낭비하는 하루다

새벽녘에 잠에서 깨어 거실로 걸어 나와 기지개를 켜고 있노라면, 조이 녀석도 단잠을 털고 일어나 냉큼 내게로 걸어 나온다. 그리곤 앞 다리를 쭉 뻗으며 녀석도 길게 기지개를 켠다. 나를 따라하는 듯한 녀석의 모습에 내 입 꼬리가 올라간다. 그러면 녀석은 그런 내 얼굴을 가만히 올려다본다. 혹시 녀석도 나를 따라 웃는 건 아닐까? 설마, 녀석이 웃을 수 있겠어? 라 중얼거리며 나는 세면실로 향한다.

이렇게 우리 인간이 짓는 웃음은 대개 원인과 결과의 조화가 무너지는 지점에서 피어난다고 알려져 있다. 평소 우리가 하던 몸짓, 표정, 행동에서 빗겨나갈 때 대개 사람들은 웃음을 터뜨린다. 또 인간적인 행동이나 표현을 하는 동물을 볼 때도 사람들은 웃는다. 기지개를 펴고 있던 녀석을 보고 내게 미소가 번

졌던 것처럼.

　이렇듯 웃음이나 코믹은 마음이 완전히 고요하고 차분한 상태일 때에만 그 돌발적인 힘을 발휘한다. 그래서 웃음에는 반향을 필요로 한다. 그러므로 감정을 순간적으로 마비시킬 때 코믹의 효과는 크게 피어난다. 웃음은 언제나 무심한 상태에서 자연스럽게 터져 나오기 때문이다.

　웃는 얼굴은 성형으로 빚어낼 수 없고 오로지 실제 웃거나 웃음연습으로만 가능하다. 잘 웃는 사람들은 대개 명랑하고 인자한 인상을 준다. 더군다나 실컷 웃으면 온몸에 긴장이 풀리고 묻어둔 스트레스도 조금씩 흩어진다. 반면에 웃지 않는 사람들은 어둡고 여유 없는 인상을 주기 쉽다.

　웃음 없는 하루는 낭비한 하루다. 찰리 채플린

　오늘날 웃음과 관련된 여러 연구를 보면, 웃음이나 낙관주의가 건강에 유용한 영향을 준다는 사실을 앞 다투어 증명하고 있다. 웃음이 신체적으로나 심리적으로 명약이라는 점, 웃음이 뇌 시스템은 물론 예상치 못한 감각과 생각을 유발시킨다는 점 또 웃을 때 표정과 호흡 패턴부터 팔과 다리의 근육에 이르기까지 신체 전체가 영향을 받고 있다는 점 말이다. 우리 몸에 520여개의 근육이 있고 그중 230여개의 근육이 웃음에 동원된다는 사실도 인상적이다.

윌리엄 비 스크린이 〈웃음처방〉이라는 제목으로 내놓은 연구는 좀 더 구체적이다. 그는 "웃음과 유머는 모든 사람에게 유익한 것은 아니지만 부정적인 부작용이 없으므로 사용해야 합니다. 웃음은 스트레스 해소 효과 외에도 웃음이 기분을 고양시키거나 성취감을 줄 수 있다는 것부터 웃음의 행위가 심장박동 수, 호흡 수, 호흡 깊이 또 산소 소비의 즉각적인 증가로 이어질 수 있다는 것을 보여주는 것까지 다양합니다." 고 적었다.

웃음은 표준말이나 지역 방언처럼 사회 문화적 요소가 깃든 하나의 언어이다. 대개 깔깔 웃거나 낄낄대고 웃지만 그 소리나 방식에는 계층과 관계, 상황의 공기가 배어있다. 상급자의 실수로 기인한 하급자의 조심스런 웃음소리, 또 근엄함을 유지하기 위해 국가 지도자나 종교 지도자들의 웃음소리는 가급적 외부 노출을 꺼린다.

웃음이 단순히 개인적인 행위를 넘어 사회적인 행위이기도 하다. 상황에 맞지 않게 웃게 되면 타인에게 혐오감을 주고 뭇 사람들에게 사회적 분노를 일으키게 된다. 그와 반대로 즉흥적인 유머나 위트는 세련되고 우아한 동시에 신사의 멋을 드러낸다. 또 웃음을 자아내는 유머는 풍자를 통해 사회를 비추고 변화의 불씨를 내놓기도 한다.

앙리 베르그송은 1900년에 출간한 그의 저서 〈웃음〉에서, 인간 가치를 잃어가며 사물로 전락하는 시대의 풍경을 희극의 언어로 비판한 바 있다. 존엄을 지닌 인간이 기계의 일부처럼 변해갈 때 그 이탈 자체가 웃음거리가 된다고 그는 안타까이 말했다. 그는 그런 웃음이 사라질 때 비로소 생명은 약동엘랑비탈, elan vital을 되찾고, 인간 내면의 생명력은 분명 극대화될 것, 이라 말했다.

참고… 〈웃음〉의 원문
　숫자로 환원되는 존재는, 또 사물화 되는 신체는 웃음을 자아내게 한다. 힘에 의 의지가 기계적 리듬으로 환원되는 점진적 이행은, 또 희극적인 것은 완전한 동일화 과정을 찢고 분할하며 사라져간다. 이상한 추진력과 기이한 충동사이 허락된 찰나의 순간, 광대한 공간을 차지한 것은 순식간에 멀어져 갈 뿐이다. 희극적 상상력이 무화되는 순간, 엘랑비탈elan vital, 생명의 약동의 살아있는 에너지는 탄생의 정점에 오른다.

행복한 삶의 지혜를 주는 힘

반려견, 조이 녀석이 우리 식구가 된지 어느덧 아홉 해가 지나, 제법 어른 티가 나긴 하지만 그래도 엉뚱한 곳에 대소변을 보는 경우가 간혹 있다. 지금은 야단보다는 녀석이 어디 아파서 그러는지, 건강상태에 어떤 결함이 있어서 그런지, 혹은 녀석이 어떤 스트레스를 받아서 그런지 등을 먼저 살펴보려 한다.

사실 녀석이 아주 어렸을 땐 집안에 녀석이 싸놓은 대소변을 치우기에 매우 바빴었다. 그럴 때마다 나는 이곳은 안 돼! 하며 녀석을 혼내 주곤 했다. 잠이 깊이 들어있는 한 밤중인데도 녀석이 큰소리로 짖는 바람에 내가 곤잠을 깨는 경우도 다반사였다. 우리가 식탁에서 식사를 할 때도 녀석은 식탁위에까지 점프하며 치킨조각을 물어가기도 했다. 그럴 때마다 이러면 안 돼! 하며 나는 녀석에게 규칙이라는 이름의 가르침을 쏟아냈다.

이렇듯 녀석의 행동처럼 제멋대로 솟구치는 충동, 원초적 본능을 프로이드는 이드Id라고 불렀다. 이드는 쾌락원칙에 지배되는데, 기다림을 모르는 충동의 언어로 세계를 향해 손을 뻗는다. 우리 인간도 갓난아이 시절엔 온몸이 이드로만 이루어져 있었다. 이성도 규율도 배우기 전, 비합리적이고 본능적인 세계에 머문 때였다. 그런 아이가 현실원칙을 학습하고 그것을 따르면 보상을 해주고 그렇지 않으면 벌을 받는다, 는 것을 학습하면서 우리의 원초적 본능인 이드가 점점 약화되어 왔다.

이드와 대척점인 개념에 초자아Super ego가 있다. 초자아는 축적된 법과 도덕, 전통과 규율의 그림자 아래에서 인간을 통제하는 장치이다. 조이 녀석이 천방지축으로 원초적 본능을 발산하고 다닐 때 내가 건넨 꾸중과 훈련 등 그 모든 것을 프로이드는 초자아라 불렀다.

예컨대 내일 중간고사를 앞둔 대학생에게 친구가 전화를 걸어 술을 한잔하자고 하면, 그래, 나가서 즐겨버릴까? 라는 충동이 이드이고, 안 돼, 내일 시험 준비해야지, 라는 생각은 초자아의 한숨 섞인 충고이다.

그리고 이 둘 사이에서 균형을 잡아주는 존재가 있다. 바로 자아Ego이다. 자아는 쾌락에 휘둘리지도, 규칙에 짓눌리지도 않도

록 양쪽의 줄기를 잡고 흔들리지 않게 돕는다. 이드의 불길이 너무 강해지지 않도록 또 초자아의 그늘이 너무 깊어지지 않도록 조절하는 현명한 조율자이다.

조이 녀석이 천방지축이었던 어린 시절, 내가 너무 지나치게 규범을 들이댔다면 녀석은 숨 막힐 정도로 스트레스를 받았을 것이다. 일반적으로 너무 지나칠 정도로 엄격한 아버지상이 여기에 속한다. 사회적으론 조선중후기와 대한민국의 1950, 60년 대까지 지배해온 철저한 가부장 제도를 들 수 있다. 더 극단적인 것을 거론하자면, 5호담당제 실시 하에서 열성당원이 5가구의 가정생활 일체를 지도 감시하여 사람들 마음을 숨죽이게 하는 것이 그 대표적인 예로 꼽을 수 있다.

파시스트, 히틀러는 국민들에게 초자아를 지나치게 강요했다. 전 국민에게 엄격한 법과 규율의 잣대를 들이댔다. 별명이 '부정부패가 없을 것 같은 인물'이라 칭했던 로베스피에르는 프랑스 대혁명 시기에 공포정치의 대명사로 불린 인물이다. 이와 같이 초자아가 너무 지나쳤을 때 인간은 불행해진다. 그나마 남아있는 인간의 숨구멍마저 틀어 막아버리기 때문이다.

이와 달리 내가 조이 녀석의 끓어오르는 욕망을 제대로 제어하지 못하고 그대로 방치했다면 지금도 녀석은 즉각적이며 원초적 본능을 맘껏 발휘하여 우리 집안을 엉망으로 만들어놓고 다닐 것이다. 우리 인간 역시 이드에 사로잡혀 무절제한 욕구를 원하는 대로 발산한다면, 이 사회는 매우 혼란스러운 사회가 될 것이다. 이드에 의해 초자아가 지배되는 이런 사회는 끔찍할 수밖에 없다. 원초적 쾌락에 사로잡혀 혼란이 가득하게 되는, 매우 불행한 사회가 되기 때문이다.

그래서 이런 무절제한 이드와 극한의 통제를 가하는 초자아와의 사이에서 중재하고 조정하는 자아의 역할이 아주 중요하다. 자아는 이성과 감성으로 이드와 초자아의 중간자 직무를 수행해 인간이 행복한 삶을 살도록 도움을 준다. 누군가 내 감정을 건드려 즉각적인 대응을 하려는 것을 잠시 중지시키는 힘 역시 자아의 역할이다. 이 멈춤의 틈에서 비로소 지혜로운 행동이라는 열매가 열린다.

덧붙이자면, 초자아는 과거의 응축이고 이드는 미래를 향한 충동이며 자아는 과거와 미래 사이에 낀 현재시점에서 그 임무를 수행한다는 점이다. 초자아가 품은 법과 관습은 오래된 시간의 축적이고, 이드는 내일을 향한 욕구의 총체이기 때문이다. 이처럼 과거의 규율을 어떻게 적용해 미래의 행동을 판단할 것인지를 현재시점에서 책임지는 것이 바로 자아인 것이다.

향기로움

산책
노트

석양 햇살은 가을 산하를 고되게 비춘다

가을이 깊어 간다. 한때 그토록 강렬했던 여름햇살은 바스러지고 부서지고 빠개져, 마침내 가늘게 여윈 가을빛으로 스러져 있다. 부서져 헐거워진 빛은 산야를 온통 붉게 타 오르게 하고 들녘을 누렇게 익혀낸다. 마을 어귀의 정자나무에도 짜개진 가을빛이 번져 짙은 분홍빛 물을 드리우고 있다.

해마다 이맘때면 시골은 의례 가을걷이로 황금들판이 들썩거린다. 콤바인이 엔진소리를 지르며 농부의 낫질을 대신해 나락을 거둔다. 황금색 나락은 고스란히 뽑혀 탈곡까지 이루고 볏짚은 논두렁에 차곡차곡 쌓여간다. 소 먹이로 쓰려는 볏단은 가지런히 묶여 흰 비닐 속에 포근히 감싸인다. 빛과 공기를 차단하여 오랫동안 상하지 않게 하려는 배려이다.

황금물결을 이룬 거대한 벼이삭을 농기계로 한나절 만에 추수한 광경을 지켜본 도시 사람들의 눈에는 어딘지 모르게 삭막함이 감돈다. 예전의 구수한 추수 풍경이 떠올라서인지, 기계가 해치우는 수확이 허전하고 생경하게 느껴진 까닭이다. 게다가 찰랑이던 황금 들판이 순식간에 검붉은 겨울 땅으로 뒤바뀌어 버리니, 황량함이 스며드는 것도 당연한 것이리라.

밭에도 부녀자들의 손길이 추수하느라 분주하다. 대부분 봄에 심은 것들이다. 팍신한 맛이 잔뜩 들어있는 고구마가 자주색 빛깔을 품어내며 탐스럽게 모양을 뽐내고 있다. 검은 색 들깨는 고소한 기운을 그득 품었고, 이제 막 추수한 벼 이삭과 새빨갛게 익은 고추는 이미 거두어져 마을 어귀 널찍한 마당에서 햇볕을 쬐고 있다. 고소하게 익은 게 틀림없다. 두렁콩^{논두렁에 심는 콩}과 팥과 땅콩은 타작을 마쳤다. 참깨는 무더위가 한창 기승을 부리던 날에 이미 모두 거둬들였다. 낫으로 베어 낸 메밀 역시 도리깨로 타작을 끝냈다. 수수와 박도 무르익을 대로 익어있어 농부들의 손길을 애타게 기다리고 있다.

가을비가 며칠 동안 뿌려 대지를 식히더니 아침저녁으로 불어오는 바람이 제법 날이 서 있다. 벼와 밭작물 수확이 모두 마무리 되어가고 있다. 이제 마을 사람들은 본격적으로 겨울채비를 서두르는 모습이다.

가을산도 겨울나기를 위해 몸부림을 친다. 산은 여름 내내 보듬고 있던 수분을 하염없이 땅밖으로 흘러 보낸다. 그래서 가을산은 훌쭉히 말라있고 가을호수는 물이 철철 흘러넘친다. 그러고 보니 백로가 보이지 않는다. 언제부터인가 모습을 감추었다. 따뜻한 남쪽나라로 훌쩍 떠나 버렸다.

가을볕뉘를 쬔 개구리가 느럭느럭 논도랑 아래로 내려간다. 철겹게 나타난 물뱀이 조이 녀석과 눈이 마주치자 수풀 속으로 기어 들어간다. 제 계절을 놓친 탓인지 민첩했던 기운은 사라지고 몸통과 꼬리를 휘돌리는 동작이 무척 슬렁슬렁하다. 나는 조이가 장난삼아 뱀을 뒤쫓지 않도록 녀석의 목줄을 살짝 잡아챈다.

가을나무도 겨울준비에 한창이다. 붉게 무르익은 가을 단풍잎은 죽음을 초연히 받아들일 준비를 한다. 이내 가지에 대롱대롱 걸려있는 잎사귀가 너울너울 춤을 추며 땅에 떨어진다. 떨어지는 나뭇잎은 처절하도록 고독해 보인다. 이렇듯 생멸生滅이 함께 공존하는 묘한 가을시간이 가을빛 입자에 반짝거린다. 들녘은 고요함으로 가득 차 있다. 침묵에 들어간 땅은 적막한 시간을 가없이 흘러 보낸다. 대지는 지쳐있는 생명과 흙을 포근히 감

싸 안는다. 그 안에는 생명의 미립자가 끊임없이 꿈틀거리고 있다. 생명을 잉태할 시간과 터를 마련하기 위해 부단히 힘을 쓴다.

차가운 대지 위에 자전거 탄 나이든 농부가 지나간다. 조이 녀석이 꼬리를 연신 흔들며 자전거 뒤를 성실히 따른다. 해는 야산으로 뉘엿뉘엿 기울며 까치놀을 그리고 있다. 석양의 거뭇빛은 잘게 쪼개져 앙상한 서리가을의 산하를 고되게 비추고 있다.

텅 빈 공간에 피어나는 의미

조이 녀석에게 불쾌감을 유발시키는 존재, 다시 말해 녀석이 매우 공포스러워 세상에서 사라지길 바랄만큼 싫어할 대상, 곧 아토포스Atopos, 헬라어라 부를만한 존재는 누구일까? 녀석의 심리 속으로 들어가진 못하지만 범박하게 추정컨대, 아무래도 녀석이 마주칠 때마다 두려움을 느껴 몸을 웅크리게 되는 덩치가 매우 크고 털이 새까만 큰 개들이 떠오른다.

그러나 보다 엄밀히 말하자면 그 말은 어딘가 정확하지 않다. 조이가 그 녀석들을 무서워하고 공포감을 갖긴 하지만 그렇다고 그것들을 너무도 미워해서 이 사회에서 없어졌으면 할 정도의 얄궂은 심리는 갖고 있지 않기 때문이다. 그것은 오로지 인간만이 갖는 특이한 속성, 인간의 그림자 같은 성질이다.

유한자인 인간은 마음 깊은 곳에 무한한 슬픈 감정을 품고 살

아간다. 그래서 더욱 절대적인 이데올로기나 신념을 붙잡으려 한다. 불안의 파도를 가라앉혀 평온 속에 머물고자 하는 무의식의 몸부림이다. 어떤 이는 이것이 흔들리면 곧장 또 다른 절대성을 찾아 나서기도 한다. 자신을 지탱할 무언가를 긍정해야만 비로소 불안으로부터 잠시나마 벗어날 수 있기 때문이다.

그런데 이런 절대적 신념을 위험한 것으로 본 사람이 있었으니 그가 바로 프리드리히 헤겔이다. 그는 말한다. 무엇인가를 절대적으로 신성시하는 사회 안에서는, 만약 그 성역이 침해될 때 사람들은 오히려 성실하게 미워하게 되는 법이라고. 자신들이 누려온 안정과 행복을 위협한다고 느끼는 존재를 '아토포스' 곧 사회에서 제거해야 할 존재로 낙인찍는다고 말이다. 어쩌면 그들의 혐오와 분노는 이처럼 본능에 가까운 자기 보존의 몸짓인지 모른다.

아토포스 존재는 사회 속에 텅 빈 자리를 만들어낸다.

한 사회로부터 영구히 추방당해야 한다고 느끼는 존재, 아토포스는 기존의 사회문화세계와 질서체계를 폐기하려 든다. 그리고 그 자리를 텅 빈 공백으로 남긴다. 사람들은 웅성거린다. 낯선 질서와 체계, 그의 알아들을 수 없는 언어에 당황한다. 혼란스러워하고 불안해한다.

그래서 그들은 고민한다. 이 불쾌한 긴장을 감내하며 그를 따라 새로운 세계를 열어젖힐 것인가, 아니면 익숙한 안정 속에 머무르기 위해 그를 '존재해선 안 될 자'로 몰아세울 것인가.

예수는 당시 유대인들, 특히 바리새인과 사두개인들에게 바로 그런 아토포스의 얼굴이었다. 구약의 윤리와 계명을 강변하는 그들에게 구약은 낡은 것이다, 라거나 신의 윤리는 계율이 아

니고 사랑하라는 동사적 차원이라고 강연한 예수는 그들의 안정적이고 행복한 삶을 빼앗는 아토포스였다.

제2의 다윗을 기다리는 그들은 예수의 언어를 이해할 수 없었다. 예수의 목표는 사람들이 율법을 지키게 하는 것도 지식을 쌓게 하기 위함도 아니었다. 본래의 온전함과 행복함이 가득한 성스러운 인간으로, 그러니까 이전과는 다른 존재로 만들기 위함이었다. 결국 예수는 구약을 폐기해 텅 빈 공백을 만들어갔다. 바울은 이 해석되지 않는 예수라는 기표_{시니피앙, signifiant}를 발판삼아 그 빈 공간에 신약을 써 내려나갔다.

소크라테스 역시 마찬가지였다. 자연의 본질에만 몰두하던 아테네인들에게 그는 기이한 말투와 질문으로 다가온 난해한 기표였다. 그는 사람들이 우상처럼 떠받들던 확신들을 하나씩 해체하며, 정의와 진리를 묻고 또 묻고, 상대의 의견을 갈기갈기 찢어놓았다. "너희는 진리가 무엇인지 모른다는 사실도 모른다. 하지만 나는 그 사실만은 알고 있다."

그의 이 말은 아테네 사람들을 어리둥절하게 만들었다. 그래서 그들에게 소크라테스는 텅 빈 공백이었고 낯선 존재였으며, 결국 이 세상에서 사라져야할 아토포스였다. 플라톤은 이 해석되지 않는 소크라테스라는 기표를 디딤돌 삼아 그 공백에 새로운 철학을 써 내려나갔다.

1917년 마르셀 뒤샹은 화장실에서 쓰고 있던 변기를 들고 미술전시회에 가명, 뮤트, 라는 이름으로 출품했다. 그러나 주최 측은 흉물스러운 화장실 변기통을 보고 경악했다. "이런…, 미친 게 틀림없어, 이걸 예술 작품이라고 갖고 오다니…,"

결국 그 작품은 접수를 거부당했다. 그들에게 그것은 전통적으로 '아름다움'이라 부르던 모든 기표를 해체하고 파괴한 채 예술의 심장에 거대한 공백을 남겼기 때문이었다. 당시 예술인들이 떠받들던 아름다움은 신전의 조각상처럼 보존되어야 하는 어떤 것이었다. 그러나 뒤샹은 바로 그 믿음의 틀을 깨뜨리고 싶었다. 기존의 시선을 붕괴시키고 새로운 예술 가능성이 들어갈 빈 공간을 조성하고 싶었던 것이다.

수십 년이 흐른 뒤, 현대예술의 문을 열어젖힌 인물이라고 평가 받게 된 뒤샹은 거부당했던 당시를 회고하며 이런 말을 남겼다. "예술에서 중요한 것은 대상을 재현하거나 만드는 것이 아니라 개념을 창조해내는 것이다."

불가능의 심연에서 솟구치는 쾌락

반려견, 조이 녀석이 어렸을 땐, 무던히도 사고뭉치였다. 지금도 가끔 그렇지만, 그 시절엔 더더욱 그랬다. 검은 제복을 입은 경비 아저씨가 초인종을 누르고 집안으로 들어서려 하면, 녀석은 어김없이 이빨을 드러내며 달려들었다. 짙은 청색 제복의 택배기사에게도 예외는 아니었다. 그래서 그런 방문이 예정된 날이면, 나는 녀석이 꿈쩍하지 못하도록 품에 꽉 껴안고 있어야 했다.

그 무렵이었다. 조이와 산책을 하던 어느 날, 산비탈의 계단을 오르던 중 녀석이 우리보다 앞서가던 사람의 다리를 갑자기 덥석 물어버렸다. 순식간에 벌어진 일이었다. 검정색 상하의를 입은 그 사람의 차림새가 초인종을 누르던 경비 아저씨를 연상해 녀석의 공격 본능을 자극한 모양이었다. 나는 식은땀에 흠뻑 젖

은 채 그에게 사죄했고, 상처 난 허벅지 치료비와 찢어진 바지 값은 물론, 이후 일어날 모든 일도 그의 뜻에 따라 내가 책임지기로 하여 겨우 합의를 봤다.

그 사건을 겪으며, 아무리 내가 귀여워하는 반려견이라 해도 우리 사회의 질서를 어긴 녀석을 어찌해야 하나 고민이 깊어졌다. 사회문화적 잣대로 보면 조이와 나는 이미 거센 비난을 받을 만한 일 하나를 터트린 셈이었다. 다만 주변에서 "훈련을 제대로 시키지 못한 너의 잘못이 더 크다."는 충고를 받아들이며, 간신히 조이를 향한 마음을 추스를 수 있었다.

이렇듯 질서를 뒤흔들고 사회문화의 경계를 허물어뜨리는 사건 사고는 인간의 세계에서도 끊이지 않고 발생한다. 거기엔 또한 에로스 영역에서도 예외가 아니다. 특히 남녀 간의 에로스는 길들여지지 않는 야생마 같은 성질을 지녀, 때로는 인간 사회문화가 감당하지 못할 정도로 파격으로 치닫곤 한다. 그 이유는 간단하다. 그 극단 속에서 솟구치는 쾌락이 실로 엄청나기 때문이다. 음악가 바그너가 바로 그런 사람이었다.

유부남이었던 바그너는 유부녀 마틸데 베젠동크를 연모했다. 마틸데의 남편인 오토 베젠동크는 바그너가 스위스 취리히 망명 시절, 음악에만 몰두하도록 후원과 편의를 아낌없이 제공했던 은인이나 다름없는 사람이었다.

1849년 5월, 유럽이 혁명과 반혁명이라는 전쟁의 소용돌이 속에 있을 때, 36세의 바그너는 드레스덴 혁명의 중심인물로 활동하다가 실패 직전에 체포를 피해 홀로 취리히로 도망쳐 나온다. 아내 민나를 뒤에 두고서였다.

그의 망명 생활은 초라했고 모든 것이 무너져 내렸다. 그러다 뜻밖의 구원처럼 베젠동크를 만나 그의 별장에서 지내며 음악으로 다시 숨을 돌이킬 수 있었다. 그리고 자연스레 이들 부부와도 자주 어울리게 되었고, 비극은 바로 그 만남 속에서 싹이 텄다. 베젠동크의 아내, 마틸데를 마주한 순간, 혁명의 깃발을 들던 그의 붉은 심장이 다시 출렁대기 시작한 것이다.

"은혜를 베푼 사람의 아내를 연모하다니, 내가 미쳤구나, 미쳤어."

도덕과 예절의 높은 담장을 확인하고 그가 마음을 추스르려 했지만, 그의 심장은 어느새 욕망의 바다를 떠돌아 다녔다. 하필 당시 마틸데 역시 바그너의 음악에 매료되어 있었다. 그녀의 심장은 그의 주홍빛 눈빛에, 그 서슬퍼런 에로스의 화살에 무방

비로 흔들려갔다.

하지만 사회문화의 벽은 여전히 높았다. 아무리 사랑의 광기라고해도 그 불가능성의 장벽을 넘기기는 쉽지 않았다. 우리 사회는 이런 사랑을 용납하지 않는다. 추방해 버린다. 자연의 숲속으로, 또 사람의 시선이 닿지 않는 곳으로 몰아넣는다.

결국 두 사람은 감정을 숨기기로 한다. 타인의 앞에서는 이성적이고 예의 바른 말과 행동으로 서로를 위장한다. 그러던 어느 말, 마침내 바그너가 마음을 드러내고 만다.

"마틸데, 도망가요, 우리!"

"어디로…요?"

"멀리, 아주 멀리, 사람이 없는 곳으로"

"그런 곳이 이 세상에 어디 있나요?"

금기가 풀려있는 공간을 찾아 나서자는 바그너의 요구에 마틸데는 그런 공간이 이 세상, 어디에 있느냐고 되묻는다. 정적이 흐른다. 이윽고 그녀가 속삭이듯 읊조린다.

"사랑해요."

바그너를 부둥켜안은 그녀의 손은 심하게 떨고 있었다. 울부짖는 그녀의 눈물은 눈가로, 뺨으로, 바그너의 가슴으로 하염없이 흘러내렸다.

"저⋯, 자신 없어요."

바그너의 얼굴은 비탄이 어렸다.

"아무리 생각해봐도⋯, 제가 가정을 버리는 건 성물 절도와도 같은걸요."

지독한 사랑이었다. 그리고 그러한 광기는 바그너의 삶과 예술을 움직이는 원동력처럼 보이기도 했다. 결혼한 여인과의 금지된 애정, 서로를 파멸시킬 듯한 주홍빛 열정, 그런 감정이 응축되어, 그는 오페라 〈트리스탄과 이졸데〉에서 사랑이 사회의 질서와 예절을 짓밟고 도약하는 순간을 그려낸다. 명예와 수치심을 벗어던지고 서로를 있는 그대로 받아들이는, 격렬한 사랑의 서사였다.

바그너의 사랑은 여기서 멈추지 않았다. 〈트리스탄과 이졸데〉를 완성하던 1857년, 그의 제자이며 피아니스트인 한스 폰 뷜러가 신혼 부인 코지마와 함께 스승, 바그너를 찾아왔다. 바그너는 신혼부부와 아내 민나, 그리고 베젠동크 부부 앞에서 오페라의 한 장면을 열창했다. 사랑의 묘약을 마신 트리스탄과 이졸데가 불륜의 사랑에 빠져 흔들리는 장면이었다.

그 자리에 있던 민나와 오토는, 바그너와 마틸데의 관계를 눈치 챈 터라 얼굴을 굳히고 앉아 있었다. 그런데 바그너의 광기어린 사랑은 이제 무대의 환영을 넘어 현실로 번져갔다. 이번의 상대는 마틸데가 아니라, 신혼여행을 온 한스의 아내이자 자신의 절친한 벗 프란츠 리스트의 딸, 코지마였다. 즉 바그너는 제자의 아내이자 친구의 딸까지 사랑의 광기 속으로 끌어들인 것이다.

이렇듯 바그너의 삶은 오통 '미친 사랑'의 연속이었다. 그의 생애와 음악 세계는 타오르는 욕망의 집합체였다. 예술에서나 현실에서나, 그는 사랑과 광기를 숨기지 않았다. 미치지 않고서는 불가능한 사랑, 모든 금기를 박살내는, 그런 에로스가 그의 삶과 작품을 가득 채웠던 것이다. 그것은 인류가 오랜 세월 세워온 사회문화적 예의의 구조를 향해 거침없이 균열을 내는, 지독하고도 잔혹한 사랑이었다.

벚나무에서 펼쳐진 병정개미들의 행진

따스한 햇살이 가득한 봄날, 마침 긴 연휴가 끼어 조이 녀석이
랑 오랜만에 자연 산골을 누비며 소풍을 다녀왔다. 이곳 봄철 산
야는 곤충들에게는 살맛나는 낙원이다. 번데기로 또 유충으로
겨울을 났던 녀석들은 봄꽃 향내를 맡으며 새 생을 준비하느라
분주하다. 번데기에서 날개돋이를 마친 나비가 봄꽃에서 여장
을 푼다. 하얀 나비며 흰 바탕에 검은 줄무늬를 지닌 큰줄흰나비
그리고 진한 밤색의 범 무늬모양을 띤 애호랑나비가 봄꽃을 찾
아 떼거리로 너울너울 물결을 지으며 장관을 이룬다.

땅에는 겨울잠에서 깨어난 개미들이 무리를 지어 먹이를 찾아
바삐 오간다. 사슬처럼 길게 늘어선 일개미들은 더듬이를 곧추
세우며 먹잇감을 찾아 나선다. 제 몸통보다 큰 물체-아마 부상
입은 곤충인 듯하다-를 발견한 놈이 꽁무니에서 개미산을 발산

하고 배 끝으로 땅바닥을 두드리며 동료들에게 신호를 보내 도움을 요청한다. 사인을 받고 물체 주위로 삽시간에 달라붙은 개미떼가 물체를 물어뜯는다. 물체가 몸체를 움직이며 탈출을 시도하려하지만 위턱을 세운 개미떼들이 물체의 위아래로 물밀듯이 새까맣게 에워싼다. 아마 병정개미인 듯싶다. 개미 턱 조각에 몸을 수없이 할퀸 물체는 이내 움직임을 멈추며 개미들의 큰 턱에 들려 끌려간다. 개미떼들이 한바탕 훑고 지나간 그 거리는 잘게 쪼개진 흙으로 포장되어 그들만의 신작로를 이룬다.

사회성을 띤 개미는 벌과 함께 사회적 동물인 우리 인간과 자주 비교되곤 한다. 녀석들은 무리가 먹이를 발견하면 협동하여 먹이를 나르고 사이좋게 영양교환을 주고받는다. 어느 개체도 혼자 더 먹거나 독차지하려 들지 않는다. 기초적인 식욕조차 이기심을 찾기 힘들다. 이들 개미는 끊임없이 몸을 움직이며 노동을 즐긴다. 녀석들은 사회적인 조직과 더불어 서식지를 개발해 변화시키며 개체끼리 분업을 통해 작업의 효율성을 도모할 뿐만 아니라 복잡한 문제를 해결할 줄 안다.

개미들이 미래를 대비하기 위해 재물축적을 통해 미래 행복을 향유하고자하는 것도 인간의 지혜와 무척 닮아있다. 사회적 곤충인 개미 사회는 협동과 분업을 중심으로 한 메커니즘이 작동하는 사회 틀 안에서 소득증대와 분배를 통해 행복한 사회를 이루고 있는 듯 보인다. 말하자면 사회성과 경제성면에서 인간과 개미사이에는 상당한 유사성이 포착된다.

벚나무 몸통에도 개미들의 행진이 한창이다. 나무속에 쪼그리고 앉아 겨울을 난 개미들과 땅속에 머문 개미들이 서로 만나 정신없이 오가고 있다. 날이 무척 포근한 이날, 땅에서 올라 온 병정개미들이 딱새 둥지까지 몰려가 끝없이 벽을 뚫고 새끼들을 에워싼다. 몸에서 페로몬을 분출한 병정개미들이 이내 새끼들의 살점을 떼어내며 몸을 떤다. 어린 새끼의 부등깃은 어지럽게 여기저기 널려있다. 어미가 병정개미들 속에 부리를 깊이 파고들며 새끼를 구하려들지만 역부족이다. 이미 늦은 듯하다. 어미가 날개를 저으며 뒷걸음친다. 자칫 거대한 몸을 지닌 어미도 흥분한 병정개미떼에게 당하기 십상이다. 아주 씨를 말릴 태세다. 끔찍한 개미 녀석들이다.

개미의 출현은 중생대 백악기 중, 후기로 알려져 있으며, 이 기나긴 세월동안 개미 생존을 지탱해 준 사회적 틀은 '협업원리'였다. 유구한 세월을 유지해 온 이 개미의 사회성은 리처드 도킨스의 주장대로 태생적으로 타고난 개미의 '이기적 유전자'라는 날실에 학습으로 익힌 '협업원리'라는 씨실로 견고히 엮은 바 크다. 이기적 유전자와 협업원리의 적절한 조합으로 말미암아 개체간 적자생존의 경쟁도 피할 수 있던 까닭에 일억 여 년 동안 생존해 올 수 있었다.

이에 반해 우리 인간의 생존방식은 상당히 다르다. 인간 사회는 개미와 달리 '이기적 유전자'라는 날실에 '자기이익의 추구'라는 씨실로 엮은 사회로 발전을 거듭해 왔다. 그런 까닭에 인간 사회는 탐욕과 경쟁의 생존원리로 인해 그늘진 점이 무수히 발생했다. 날실이기적 유전자과 씨실자기이익의 색깔이 겹친 까닭에 그늘진 부분을 자연 정화할 수 있는 기회마저 상실해 왔다. 그런 연유로 상대적 빈곤, 경쟁으로 인한 스트레스, 소외감, 상실감 등의 불행을 낳는 요소들이 인간을 괴롭혀 현대병이 도처에 양산되기에 이르렀다.

개미떼가 개망초의 줄기를 타고 하얀 잎자루까지 올라와 먹이를 뒤지고 있다. 더듬이를 곧추세워 잎사귀 위를 기어가는 개미, 잎을 자르는 개미, 턱 조각으로 잎을 물어뜯는 개미, 큰 턱으로 잎을 물고 집을 향해 기어가고 있는 개미들이 부산히 움직이고 있다. 녀석들은 옆에 있던 조이 녀석의 하얀 몸통에도 올라타 다니고 있고 흰 다리에도 기어 다니며 제 할 일에 열중해 있다. 산들바람에 개망초의 잎자루가 살랑살랑 나부낀다. 계절의 여왕 오월이 성큼 다가선 이곳 들녘의 풍경이다.

화는 마음의 방어구이다.

반려견 놀이터는 중소형견의 구역과 대형견의 구역으로 나뉘어 있다. 조이처럼 소형견이 대형견을 보고 흥분해 짖고 몸서리치면 자칫 큰 개를 흥분시켜 사고로 이어지게 되므로 사고를 미연에 방지하기 위해서이다. 조이 녀석은 요즘도 덩치 크고 새까만 개를 보면 격분하며 소리를 내 지른다. 무서움 때문이라지만 여기저기 뛰어다니며 짖는 모습이 어찌 보면 녀석이 대형견에 시비 거는 모양새로 오해 받을 수도 있다.

철조망 건너편에 있는 대형견 대부분은 왜 이리 소란이냐 투로 조이를 한번 흘겨보다 제 할 일을 하러 돌아다닌다. 그러나 가끔 어떤 대형견은 이를 참지 못해 격분하며 조이를 향해 달려든다. 그러다보면 조이는 더욱 화가 목에 치밀러 올라 입에 거품을 물고 격렬하게 짖는다. 그럴 땐 녀석을 꺼안고 놀이터에서 잽

싸게 탈출한다. 녀석도 녀석이지만 짖는 소리가 너무 소란스러워 사람들에게 민폐를 끼치기 때문이다.

헐떡이는 거친 숨소리와 쿵쾅거리는 녀석의 심장박동을 느끼며 녀석이 왜 이토록 화가 났을까 되짚어본다. 먼저 녀석은 자신이 싫어하는 대상을 코와 눈으로 인식했다. 그로 인하여 녀석의 뇌 안에 두려움과 싫어하는 감성을 담당하는 편도체가 깨어났고 편도체가 마침내 녀석의 가슴에 불길을 지펴 올린 것이다.
그러므로 녀석의 화와 열불을 가라앉힐 수 있는 유일한 방법은 명확했다. 녀석이 싫어하는 대상을 회피하면 그만이었다. 그래서 나는 그 대상큰개을 피해 녀석을 데리고 놀이터에서 급히 나와 오솔길로 향했다.

시끄럽던 놀이터에서 빠져나와 산길을 걷다보니 다행히 녀석은 언제 그랬냐는 듯이 평온하게 금세 회복한 모습으로 총총 걷는다. 나는 이 작은 생명체의 놀라운 심리적 회복탄력성에 감탄을 연발한다. 인간인 나보다 훨씬 뛰어난 듯 보이기 때문이다.

사실 분노와 화, 격분을 떠올려보면, 우리 인간도 크게 다르지 않다. 우리 역시 시시때때로 화를 겪고 때로는 가슴이 뜨겁게 달아오르는 열불을 경험한다. 감정을 관장하는 편도체가 활성화되며 이성이 자리한 전전두엽의 개입을 막아버리기 때문이다. 또한 유독 인간은 외부의 위협뿐 아니라 좌절감_{오직 인간에게만 해당하는 감정}을 느낄 때도 분노를 터뜨린다. 여기에 해결의 실마리마저 보이지 않는다면 화와 열불은 최고조에 달한다.

그런데 이렇게 편도체를 달구는 원인을 따져보면, 복잡하기보다는 오히려 단순한 경우가 많다. 무엇이 우리를 화나게 했는지, 그 지점을 정확히 짚어내는 일은 어렵지 않다. 문제는, 그 원인을 알면서도 쉽게 피하거나 해결하지 못하는 인간의 현실 세계에 있다. 복잡한 사회 속에서 우리는 수많은 역할과 가면_{persona}을 쓰고 살아가기에 단순 회피나 타개가 녹록하지 않기 때문이다.

화는 정신적인 열 감기이다.

화와 분노는 정신 속에 낯선 병증이 스며들었음을 알리는 신호이며, 그 침입을 막기 위해 마음이 스스로 온도를 올리는 면역 반응과도 같다. 그런데 단지 육체의 감기와 다른 점은 정신적 열 감기의 원인이 대부분 스스로 인지할 수 있다는 데 있다. 그렇지만 왜 화가 났는지를 알아도, 문제는 치료가 그리 간단하지 않다는 사실이다. 동네 의원에서 감기 처방약 한 봉지 사오듯 해결될 수 있는 문제가 아니기 때문이다.

가장 직접적 해결은 나를 화나게 한 이와 만나 시시비비를 가리면 될 것이다. 그런데 현실에서 이는 대개 다툼으로 번져 되레 상처를 키우기 쉽다. '감정의 위로'가 아닌 '사리의 판단'으로 흘러가기 때문이다.

감성 대화를 할 사람이 주위에 있는가.

이 말은 피해자의 말을 경청해 줄 사람이 주위에 있느냐와 동일한 얘기이다. 그것도 전전두엽끼리 대화를 나누는 이성적 대화가 아니라 편도체를 완화할 수 있는 감성적 대화가 가능한 누군가가 피해자 주위에 가깝게 있느냐 하는 것이다.

분노와 열불은 대개 대화로 치유된다. 피해자가 억울함과 스트레스를 풀어내고 이를 경청한 누군가가 따뜻한 위로와 공감을 보탤 때 편도체가 서서히 진정되고 마음의 열이 꺼지기 때문이다. 물론 치료적인 대화나 명상, 종교, 전문 상담 등 다양한 방법이 있겠지만 가장 즉각적이고 인간적인 치유는 결국 '누군가의 귀'이다.

그러나 오늘날 생존경쟁에서 치열하게 살아가야 하는 현대인

들에게 이런 경청의 귀를 갖는 것은 쉬운 일이 아니다. 경쟁에서 우위를 선점하기 위해 또 자신의 욕망을 성취하기 위해 우리는 듣기에는 매우 인색하고 자신의 주장이나 홍보함에는 온 힘을 쏟는 경향이 크기 때문이다. 또한 남의 말을 듣는 연습이나 교육시스템은 전무한 반면 자신의 주장을 논리적으로 펼친다거나 애기하는 학교교육이나 사회교육시스템도 경청을 어렵게 만드는 주범이기도 하다.

경청의 부재는 남녀 에로스에도 상당한 영향을 끼친다. 남녀 간의 사랑 속에서도 감성적 대화의 고장으로 말미암아 사랑의 위기가 닥쳐오는 경우가 많다. 영화 〈내 아내의 모든 것〉이 그 좋은 예이다. 초반의 연인 두현과 정인은 서로에게 빛이었고 매혹이었으나, 시간이 흐르자 일상은 지겹고 지리멸렬해졌다. 아내는 더 이상 사랑스러운 존재가 아니라 그저 피곤하고 성가신 일상의 일부일 뿐이었다.

이때 등장하는 인물이 경청의 달인, 카사노바이다. 그는 남편 두현이 몰랐던 단순한 진실을 알고 있었다.
'아내를 다 안다고 착각해 대화를 멈춘 일.'
'단조로운 일상을 깨려는 노력을 포기한 일.'
'아내의 불평 속에 숨어 있는 마음의 신호를 읽지 않은 일.'

그와 더불어 그의 전략은 단 한 가지, 오로지 정인의 말을 들어주는 것이었다. 사소한 말까지 귀 기울이고 가끔은 공감의 맞장구를 건네면 정인의 닫혀있던 마음은 서서히 열렸다.

영화는 갈등과 이혼의 기운을 고조시키다 마지막에 극적인 화해로 마무리하며 정인의 입을 통해 이 이야기의 정수를 내놓는다. 부부의 사랑을 조금씩 갉아먹는, 그러나 너무도 흔한 이 진실 말이다.

"자신의 공간을 침묵이 삼키게 두지 마세요. 살다보면 말이 없어집니다. 서로 다 안다 생각하니 굳이 할 말이 없어지는 거예요. 거기서부터 오해가 생겨요. 침묵에 길들여지는 건 무서운 일이예요. 그러니까 계속 말을 하고 또 들어주세요."

죽음이 교묘히 은폐되고 있다

요새 반려견을 키우는 사람들이 부쩍 늘었다. 그러다보니 열다섯 살 전후 된 강아지들이 하나 둘 수명을 다했다는 소식이 여기저기서 들려온다. 비록 강아지, 조이 녀석이 인간은 아닐지라도 옥시토신이 분비될 정도로 마음속에서 이미 한 식구로 자리매김한 터라 그런 소식을 들을 때마다 애도로 슬픔 감정을 함께 나누곤 한다.

이렇게 나와 관계가 깊은 생명체의 죽음은 심리적으로 깊은 슬픔을 나누게 한다. 더군다나 나와 실질적 관계를 맺어온 생명의 죽음은 그만큼 깊고 묵직한 슬픔을 남긴다. 하물며 그 대상이 사람이라면 그 충격은 말할 수 없이 더 크다.

내가 죽음이라는 단어를 처음 의식적으로 접했던 건 대학 시절이었던 듯싶다. 중간과 기말고사 시험이 가까워오면 몇몇 친구들과 함께 학교 중앙도서관으로 향하곤 했다. 개관 시간이 새벽 다섯 시 무렵이었는데, 우리는 그보다 조금 더 일찍 도착해 가방을 줄지어 세워놓고 입실을 기다렸다. 좌석을 배정받고 나면 몸을 풀기 위해 학교 운동장을 뛰어 돌았다.

조깅을 마치고 운동장 아래 약수터에서 차가운 물을 들이킬 때면, 어둠은 여전히 캠퍼스 위에 무겁게 내려앉아 있었다. 그 약수터는 우리보다 먼저 하루를 시작한 노인들로 늘 붐볐다. 그들은 학교 뒤편 야산과 와룡공원을 이미 한 바퀴 돌고 내려오는 길이었고 약수터 모퉁이에 모여 이런저런 소식을 나눴다.

"며칠 전 박가 그 친구, 죽어대."
"어이쿠, 그렇게 됐는가, 시장 입구 약방 골목에 사는 최씨 알지? 그 사람 요새 시름시름 앓아서 약수터에 영 나오질 않네."

그들의 대화가 내 귀를 스칠 때, 나는 그것을 그저 '희망도 비전도 잃은 노인들의 대화' 쯤으로 여겼다. 그리고 아무렇지 않게 도서관 문을 열고 입실하곤 했다.

죽음이 갈수록 교묘히 은폐되고 있다. 코넬리우스 A. 반 퍼슨

세월이 흘러 중년이 된 지금도 나는 죽음을 남의 이야기처럼 여기는 데 익숙해 있는 듯하다. 청춘 시절에야 그것이 멀게 느껴지는 것이 자연스러웠겠지만 지금의 나는 중년의 나이를 지나가고 있음에도 분명 오랜 시간 죽음과의 대면을 회피해온 것이다. 세련되고 정제된 현대 장례 문화가 죽음을 지나치게 단정하게 감추어버려, 나 또한 그 편안한 은폐 속에 안주해 버린 듯하다.

반 퍼슨의 말처럼 과거에는 시골 마을 곳곳에서 당연히 마주하던 죽음이 이제는 소비사회 속에서 철저히 가려지고 억압되고 있는 까닭이기도 하다. 어쩌면 그 은폐가 바로 내가 죽음을 타인의 사건으로만 느끼게 해온 때문인지도 모른다.

우리는 생멸生滅이 동시에 흐르는 강물 속에 내던져져 있다.

죽음을 회피해 온 또 다른 이유는 어쩌면 삶과 죽음을 서로 동떨어진 두 종착지처럼 잘못 이해해온 까닭이 아닌가 생각된다. 그러나 실은 지금 이 순간에도 우리는 살아가면서 동시에 죽어가고 있는데도 말이다. 따지고 보면, 모든 생명체는 생과 멸이 쉼 없이 흐르는 거대한 강물 속에 내 던져져 그 흐름에 저항하며 하루하루를 건너는 존재들이 아닌가.

갓 태어난 아이는 태어남과 동시에 죽음의 여정을 시작한다. 그 어린아이는 점점 성장하면서 동시에 점차 죽어가고 있고, 청소년이나 성인이 되어 힘껏 살아가면서도 더불어 그들 죽음의 공간도 점점 넓어진다. 그러다 삶이 죽음에 저항하는 힘이 모두 소진하게 되면 곁에 늘 따라다니던 죽음이 삶의 공간을 독차지하고 만다.

이런 측면에서 본다면, 우리의 삶은 죽음의 중핵으로 빨려 들어가는 동시에 또 그것으로부터 벗어나 튀어나가려는 반복의 궤적들이 아닌가 생각된다. 이렇게 죽음에 대해 자각을 새롭게 가져본다면 우리 모두가 가졌던 이분법적 사고, 즉 삶과 죽음이 분리되어 있다는 인식도 자연스럽게 극복되지 않을까 하는 생각을 가져본다.

죽을 때가 되면 사람은 갓난아이_{강아지 시기}로 되돌아간다.

근대 이전, 전통시대 대부분 사람들은 병명을 알지 못한 채 노환으로 생을 마감했다. 죽음을 앞둔 노인들은 사회적 지위나 인품이라는 외투를 벗어버리기 일쑤였고 육체와 정신이 허약해져, 갓난아이처럼 의존적인 존재로 돌아가곤 했다. '죽을 때가 되면 갓난아이가 된다.' 라는 속담은 바로 그 경험에서 비롯된 셈이다.

그러나 끝까지 정신의 옷을 벗지 않은 채 죽음과 마주한 이들이 있다. 예수, 석가모니, 소크라테스의 최후가 그러하며 현인이 아닌 평범한 이들 중에도 그런 죽음을 남긴 사람이 적지 않다.

이어령 역시 그랬다. 그는 항암치료를 거부하고 마지막 시간을 스스로 준비하며 삶의 끝자락을 투명한 태도로 우리에게 생중계하듯 보여주었다.

"죽으면 돌아간다고 하잖아, 탄생의 자리로 가는 거야, 죽음은 어둠이 아닌 눈부신 대낮이야, 장미밭 한복판, 생의 중심부에 있는 고향 같은 곳이지."

내게 그의 이 말은 죽음에 관한 오래된 공포를 무너뜨리는 빛처럼 들려왔다.

스콧 니어링 또한 마찬가지였다. 노동과 독서, 자연과의 교류를 누리며 살다 백 살이 되자 죽음을 스스로 예비한다. 의사 없이 집에서 조용히 죽고 싶다, 며 생의 마지막 방식을 직접 선택한다. 그는 100세가 되었을 때 곡기를 끊고 채소 즙과 물만 마시며 아메리카 원주민의 노래를 조용히 읊조린다. "나무처럼 높이 걸어라. 산처럼 강하게 살아라. 봄바람처럼 부드러워라."

옆에서 듣고 있던 아내 헬렌이 나지막이 거든다. "몸이 가두도록 두어요. 썰물처럼 사세요. 같이 흐르세요. 당신은 훌륭한 삶을 살았어요."

헬렌의 말을 들은 그는 고개를 끄덕이고 마지막 숨을 길게 내쉬며 평온하게 생을 마감한다.

사랑의 거친 야성을 길들이는 장치, 결혼

산책을 나서면, 수컷 조이는 마주치는 암컷 강아지에게 유난히 마음을 빼앗기는 경향이 있다. 다가가 애정 섞인 몸짓을 보일 때면, 나는 그것이 얼마나 자연스러운 반응인지 잘 알면서도 어쩐지 마음을 곤두세운다. 특히 녀석이 발정기에 이르면 본능의 방향타는 더욱 노골적으로 돌아가고, 발정 중인 암컷에게 향하는 발걸음은 주저함을 모른다. 흥분과 불안이 동시에 끓어오르는, 예민하고도 위험한 그 순간들에서 나는 그 본능의 파도에 조용히 경계심을 얻는다.

이렇듯 인간이든 동물이든, 에로스라는 힘은 언제나 길들여지지 않는 야성으로 알려져 있다. 그 속엔 교양도, 세련됨도, 다듬어진 아름다움도 찾기 어렵다. 거칠고 투박하며, 때로는 다루기 힘겨운 이 힘을 인간은 오래전부터 한 가지 장치 속에 가둬두고

자 했다. 이런 거친 야성을 품위와 규범의 울타리 안에 끌어들이려는 문화적 방책, 그것이 바로 결혼제도였다. 본능적 사랑 위에 사회가 요구하는 권리와 의무를 층층이 올려놓아, 야생의 불씨에 형식을 부여하려 한 시도였다.

그런 까닭에 막상 결혼을 앞둔 청춘들은 대개 결혼식 날짜가 다가오면 본능적으로 뒤를 돌아본다. 결혼식장 예약 전쟁을 치르고 웨딩업체와 비용문제로 옥신각신하고 웨딩드레스 옵션 선택에, 신혼집 보증금 비용 마련하랴 신혼여행비 부담까지, 머리 싸매는 일련의 전투를 끝낸 후, 녹초가 된 몸을 일으키며 생각에 잠긴다.

결혼은 속박당하는 것이라는데, 내 고유의 인생은 이제 끝장인가, 행복한 구속을 얻기 위해 자유는 박탈돼도 되는 건가. 뭔지 모를 불안함과 책임감이 엄습해 온다. 괜한 생각으로 마음은 외려 더 허전하고 씁쓸해진다. 마치 100미터 아래 낭떠러지가 있는 철로를 걷다 도중에 공포감에 휩싸이며 후회하는 것처럼.

그러다 사랑이 주는 미래의 대차를 맞춰본다. 예쁘고 사랑스러운 그녀, 언젠가 세상에 태어날 아이, 이글거리고 있는 사랑의 강렬한 에너지, 그와 평생 함께하는 기쁨, 평온함, 안락함 등, 사랑이 주는 혜택에 이르러서야 겨우 안도의 숨을 내쉰다.

하지만 꼭 이런 순간이면, 결혼은 사랑의 끝이라는 말을 농담처럼 던지는 이들이 있다. 그 말은 간혹 미혼의 청춘들을 흔들어 놓고 마음을 어지럽히기도 한다. 사랑의 본질에 무계획성과 우연성이란 특성을 고려해 본다면 이 말이 결코 틀린 말이 아니다. 사랑을 하게 되면 그 사람은 자기 마음을 통제하거나 계획을 세울 수 없고, 오로지 당하는 입장에 서야만 한다. 그 사람을 조정하는 비밀스러운 신이 그도 몰래 그 몸에 강림하기 때문이다. 기쁘고 황홀했다가 갑자기 초조해지고 또 실연을 당하지 않나 하는 두려움을 겪는다. 또 사랑의 감정은 시도 때도 없이 왔다 갔다 했다가 다시 불쑥 나타나 혼을 쏙 빼 놓기도 한다.

이런 길들여지지 않은 야생마 같은 사랑을 계획적이고 예측 가능하며 통제 가능한 영역으로 끌어들이려는 제도적 장치가 바로 결혼이다. 말하자면 결혼하게 되면 대개 야생마 같은 사랑은 상당부분 기능을 잃어 소멸하게 되고 통제 가능 영역인 제도적 사랑이 거친 사랑을 대체한다. 윤리영역에 들어있던 사랑의 권리와 의무는 결혼으로 인해 제도적, 법적인 권리와 의무로 명시화되고 특히 성에 관해서는 결혼하면 곧바로 상대방에게 독점적 권한이 부여된다.

그래서 결혼이라는 장치는 분홍빛 환상으로 가득한 공간이 아니라, 각박한 현실 속으로 데려다놓기 일쑤다. 그래서 어쩌면 이 제도 속에서는 로맨틱한 사랑이 숨 쉴 곳이 넉넉지 않을지도 모른다.

그러나 다시 생각해보면, 결혼은 단지 사랑할 대상 하나를 확정해 주었을 뿐이다. 그저 신비가 벗겨졌다고 해서 그 안에서 사랑 자체가 사라지는 것은 결코 아니다. 오히려 결혼 속에서도 얼마든지 진실하고도 에로틱한 사랑을 피어낼 수 있다. 나이가 들수록 더 성숙해지고, 그 순도를 오히려 더욱 높일 수 있다.

아이를 낳고 기르는 짐승 같은 시간들, 함께 쌓아 온 미운 정 고운 정의 켜들, 다투고 다시 포옹하며 굳혀 온 수많은 기억들, 이 느린 시간들이 사랑을 발효시키고, 숙성시키며, 결국엔 더 깊고 더 향기로운 어떤 사랑으로 데려다 놓는다. 따라서 결혼은 사랑의 끝이 아니라, 사랑이 다른 색과 다른 결을 입어 다시 시작되는 또 하나의 무대가 아닌지 생각해 볼 수 있는 것이다.

거미는 나선실과 방사실을 튼실하게 꼰다

풀벌레와 곤충들의 세상이다. 겨울을 나고 봄 햇살을 받으며 한차례 생명을 발돋움했던 생물들은 온 산과 대지를 파랗게 물들이며 재잘대기에 여념이 없다. 땅 위에선 장수풍뎅이 애벌레, 풀무치, 등줄메뚜기, 톱사슴벌레, 푸른부전나비가 잎새를 토닥거리며 벗들을 부르고 냇가에선 장구애비, 물장군, 물방개가 친구들과 물장구를 치며 풀잎으로 뛰어든다.

그런데 이 봄철 산야에 입을 삐쭉거리며 소리 소문 없이 이들에게 다가가 꼼짝달싹 못하게 하는 녀석이 있다. 축제의 훼방꾼은 다름 아닌 거미다. 이 녀석은 끈끈한 점액을 짜내 질긴 실랑이로 단단히 엮어 촘촘히 제 집을 엮는다. 스멀스멀 기어가며 끊어진 실랑이가 있나 없나 세심히 살펴보는 눈길이 예사롭지 않다. 게다가 녀석은 입에 독을 품고 있어 풀벌레와 곤충들 사이에

선 이놈이 저승사자로 불린다.

거미는 알에서부터 림프, 애거미, 유체, 아성체, 준성체라는 단계를 거쳐 성체라는 생식기가 완성된 어른으로 성장한다. 알에서 깨어난 새끼 거미는 림프단계에서 마디가 연한 다리를 생성하기 시작한다. 림프가 애거미로 성장하면 다리와 몸 전체가 완전히 착색되지는 않지만 비로소 거미줄도 만들고 먹이활동도 가능해진다.

돈은 어딘가 거미와 상당히 닮아 있다. 거미가 몸에서 실을 뽑아내듯, 돈 또한 자기 몸에서 이자를 만들어내기 때문이다. 자연적 물물교환 경제 형태에서 돈에는 거미줄이 없었다. 거미가 림프단계에서 실을 뽑아내지 못한 단계와 흡사하다. 이 시기의 화폐는 실물상품의 교환매개 기능에 초점을 둔 상태로, 말하자면 화폐의 무無시간성이 이 기능 속에 숨어있었다.

아리스토텔레스가 염두 한 경제가 바로 이러한 자연경제 개념이었다. 화폐가 상품의 교환기능을 넘어 가치 자체를 목적으로 삼아 이자를 발생시키는 행위는 윤리적 당위성에 어긋난다고 하여 아리스토텔레스는 이를 매우 부도덕하게 여겼다.

그런데 화폐를 실물상품처럼 거래 가능한 상품으로 바라보면

애기는 달라진다. 자연경제 상태에선 찾아볼 수 없던 화폐의 시간성이란 개념이 새롭게 부각된다. 신용이란 경제행위가 출현하며 시간의 경과에 따라 화폐는 이자율을 매개로 거미줄을 치기 시작한다. 마치 거미가 공중에 실을 던지고 줄을 엮는 모습과 엇비슷하다.

그런데 거미가 짠 거미줄과 인간이 만든 경제 거미줄은 많은 점에서 다르다. 몸체 큰 곤충을 낚기 위해서 거미는 튼실한 실을 자아내 다시 빽빽이 말아 거미집을 일군다. 힘이 쎈 곤충들이 빠져나가기 힘들도록 가능한 빈 공간을 없앤다. 풀벌레처럼 힘이 약한 작은 곤충들은 헐겁게 짠 거미줄로도 충분한 까닭에 거미는 거미줄망을 느슨하게 뜬다.

하지만 인간은 다르다. 경제적 힘이 센 사람에게 거는 경제의 거미줄은 놀라운 만큼 느슨하게 설계되어 있다. 그들에게 적용되는 이자율은 낮고 관대하다. 반면 경제적 능력이 약한 이들의 거미줄은 숨 막힐 만큼 촘촘하고 가혹한 이자율로 조인다. 사회적 약자들은 애초에 은행이 제공하는 헐거운 거미줄의 혜택에서 배제된 채, 제도권 밖의 사금융이 엮어둔 살벌한 그물 주변을 서성인다. 고리대금이라는 복리의 덫은 이들을 가차 없이 사로잡아 나락으로 떨어뜨린다.

　마을 정자 처마에 거미가 거미줄을 뿜어내며 공사를 벌이고 있다. 거미줄을 치기 전 거미는 먼저 건축할 공간을 획정하고 공사할 목표물을 정한다고 한다. 다소 먼 거리는 바람을 적절히 이용한다.

　녀석이 거미줄을 뿜어내 바람에 날리더니 거미줄이 처마 기둥 모서리에 닿는다. 거미줄 고정점이 건너편에 안착하자 지지실을 당겨 곧게 품는다. 여러 번 왕복하여 나선실과 방사실을 튼실하게 꼰다. 그리고 이내 줄을 위 아래로 오르락내리락하면서 기초공사를 다져 나간다. 집 형태가 어느 정도 어림 잡혀간다. 바퀴통에서 나온 녀석이 처마 추녀^{처마 끝부분}에 올라가 줄 끝을 사래에 고정하고 아래로 타고 내려간 후 시계추처럼 몸을 흔들기도 하고 바람에 줄을 날려 거미집을 촘촘하게 다져 나간다.

　연두색 송화가루가 날리고 아카시아 향내가 조이 녀석의 코끝을 간질인다. 해는 서산 턱에 걸린 채 조이 녀석과 내게 햇발을 마구 뿌리고 있다. 거미집의 그림자는 길게 늘어져 마을 너머 산골 언덕까지 길게 다다라 있다.

형이상학적 어지러움이 드는 행복 통계

한 살배기였을 때의 조이 녀석과 아홉 살을 훌쩍 넘긴 지금의 조이를 바라보며, 나는 종종 그 사이에 어떤 변화가 있었을까 생각한 적이 있다. 대소변을 지정된 장소에서 보는 일, 샤워한 후 닦아주고 또 털을 말리는 시간을 묵묵히 견디는 일 그리고 보호자인 나와 시선과 표정으로 대화를 나누는 일까지, 녀석은 분명 예전보다 단단해지고 성숙해진 것이 분명해 보인다.

그렇다면 질문을 좀 비틀어 이렇게도 묻고 싶다. "한 살의 조이가 느꼈던 행복과 중년에 접어든 지금의 조이가 품고 있는 만족감에는 어떤 차이가 있을까?" 세상이 온통 신기하고 호기심으로 부풀어 있던 한 살의 조이 그리고 8년의 삶을 겪어온 지금의 조이에게, 누가 더 행복했느냐, 고 묻는다면 녀석은 과연 어떤 대답을 내놓을까.

비록 조이는 어린 날의 기억을 스스로 떠올리진 못하겠지만 그때 느꼈던 쾌감과 불쾌감은 분명 존재했을 것이고 지금의 감각 또한 그 자체로 생생할 터이므로 그런 질문을 던져본 것이다.

그런 강아지와 달리, 인간은 과거와 현재 그리고 미래를 동시에 접속하며 살아간다. 현재를 살아가는 우리 인간은 과거를 반추하며 추억하고 또 미래를 보듬고 산다. 비록 미래가 확실하게 규정되어 있지는 않지만 그 날은 반드시 오기 때문이다. 이렇듯 반드시 도래하는 확실성과 규정되지 않는 미정성이 동시에 지배되는 장래의 저기 어딘가가 우리의 미래이다.

그러므로 인간답게 산다는 것은 현재의 내가 미래의 어딘가로 가 보고 중년의 나, 노년의 늙은 내 모습, 심지어 죽은 나까지를 가상에서 만나보고 현재로 다시 돌아와서 지금의 내가 어떻게 살 것인가를 묻고 실천하는 일인 것이다. 또한 그 질문 끝에는 늘 행복이라는 단어가 자리를 잡을 수밖에 없다.

호르헤 루이스 보르헤스의 소설, 〈세익스피어의 기억〉에 실린 〈타자〉는 청춘시절의 나와 40여 세월이 흘러 장년이 된 내가 만나 대화하는 퍽 흥미로운 작품이다.

작품의 한 장면에서 젊은 나는 장년이 된 나에게 이렇게 묻는다. "만일 내가 당신을 꿈꾸고 있다면 내가 알고 있는 것에 대해 당신이 알고 있다는 것은 아주 자연스러운 일 아닐까요?"

그럼에도 젊은 나는 눈앞의 장년이 '자신의 미래'임을 거부한다. 만약 미래가 이처럼 규정되어 있다면 그는 더 이상 갈망할 필요도, 희망을 품을 이유도 없어지기 때문이다. 미래를 빼앗긴 청춘은 곧 비참한 인간이 된다. 그래서였을까. 장년의 나는 청년인 나에게 이렇게 화답한다.

"너와 내가 다르다는 것을 분명히 밝힌다. 너는 나에게 속하지 않는다. 그렇지만 이 만남이 의미 없지는 않을 것이다."

이 대목에서 문득 조이에게 던졌던 질문이 다시 떠오른다. "젊은 보르헤스와 나이 든 보르헤스 중 누가 더 행복감을 느꼈을까?" 소설에는 없는 가설 대화지만 청춘의 생동감 넘치는 행복감과 노년의 깊어진 만족감을 비교해보는 일 그 자체에서 흥미로움을 느끼기 때문이다.

경제학자 오스왈드 교수는 나이와 행복의 상관관계를 알아보기 위해 미국과 유럽에서 임의로 뽑은 50만 명을 대상으로 X축에 나이를 Y축에 행복을 놓아 행복그래프를 도출해 보았다. 그 결과의 그래프에서는 청소년기와 청년시절로 진입한 젊은 청춘기에선 행복감이 높게 도출되었다. 그러다 30대, 40대, 50대에 행복지수가 떨어지다가 60대를 넘기며 행복지수는 다시 우상향의 그래프를 그린, U자형 통계그래프를 도출해냈다.

이 통계는 나로 하여금 형이상학적 어지러움을 일으키게 했다. 나이 들면 늙고 병들고 죽음에 가까워가는데, 어째서 행복감은 되레 상승하는가.

그 까닭은 아마 심리의 변화에 기인하는 듯하다. 나이 들수록 죽음이 보이고 인생의 종착점이 언뜻 손에 잡히기 시작하는데, 그로 말미암아 삶의 목표가 달라지기 때문이다. 청년처럼 성취를 좇기보다 마음의 평온 자체가 하나의 목적이 된다. 나와 맞지 않는 사람을 굳이 품으려 하지 않고 관계를 필요 이상 붙들어두려 하지 않는다. 해명이나 설득 같은 일들도 줄어든다. 이렇게 너그러움은 줄어들지만, 감정의 안온함을 지키려는 태도는 더욱 뚜렷해진다.

흥미로운 건, 노년처럼 청춘기의 행복감도 높다는 점이다. 청소년기와 청년기에는 호기심이 넘치고 작은 일에도 잘 웃으며 새로운 것을 배우려는 욕구가 강하기 때문인 듯하다. 반면 30~50대의 중년은 삶의 최전선인 가정과 일터 모두에서 경제적 압박에 짓눌린 까닭에 소소한 행복이 순간순간 스치듯 지날 테지만 그 경제적 압박의 무게가 너무 커 행복의 빛이 쉽게 잠식된다는 것이다.

묘한 느낌이 든다. 열린 마음에 호기심이 가득한 청춘들과 달리 닫힌 마음으로 행복감을 높이려는 노년, 이 두 계층 간의 상반된 인생목표와 인식양태 또 행복을 품으려는 태도가 극명하게 달리한 까닭이다.

어떻게 해석해야 할까?

세월의 무거움 때문일까, 그것이 아니라면 나이 들수록 행복이라는 얼굴에 덕지덕지 달라붙어가는 인생의 괴로움 때문일까. 이것도 아니라면 자연이 나이 듦에 별로 호의적이 아니라는 사실_{자연의 공격으로 노화의 가속화}을 간파한 때문일까. 형이상학적 어지러움이 이는 통계가 아닌가 생각된다.

저기 사회에 꿰어 놓여있는 나

반려견, 조이에게 거울을 갖다 대니 화들짝 놀라 짖는다. 거울 속의 강아지가 자신을 향해 짖는다고 믿는 탓이다. 조이가 짖으면 거울 속 강아지도 맞짖고 그러면 조이는 더 크게 소리를 높인다. 사실은 하나뿐인 두 존재가 서로를 향해 경쟁이라도 하듯 짖어대는 모습을 보고 있노라면, 나는 집안 가득 메아리치는 소리에 놀라면서도 웃음을 참기 어렵다. 정작 자신을 보고 짖고 있다는 사실을 모르는 순진한 이 녀석!

나는 문득 안도한다. 저토록 자신을 알아보지 못한다는 것은 자아 인지능력이 거의 없다는 뜻이니, 아무리 녀석의 행복과 불쾌에 대한 감정 구조가 나와 닮았다고 한들, 결국 나는 녀석과는 다른 차원에 있다는 생각이 들어서이다. 하지만 또 한편으로는, 곧바로 그 생각이 인간 중심적 오만이 아닐까, 하며 스스로를 돌아보게 한다. 인간은 시각으로 자신과 세계를 구별해내는데 반해 강아지는 후각이라는 완전히 다른 문을 통해 세계와 자신을 구별할 수도 있겠다는 생각에서이다.

나는 종종 조이가 내 냄새, 내 흔적, 내가 남긴 공기만으로도 나를 정확히 알아보는 순간들을 목격하곤 한다. 이와 유사한 논리로, 쥐는 수염의 촉각으로 세계를 읽고, 박쥐는 거의 잃어버린 시각 대신 초음파의 반향으로 공간을 그린다. 그러니 강아지가 거울에서 자신을 알아보지 못한다고 해서 곧바로 자아가 없다고 말할 수 있을까? 어쩌면 조이 이 녀석은 후각이라는 자신만의 방식으로 '나'를 인지하고 있는 것인지 모른다.

나는 누구인가?

이런 자아인식에 대한 질문은 자기 자신을 인지할 수 있는 생물체에게만이 던질 수 있는 물음이다. 그렇다면 거울테스트를 통과한 원숭이, 유인원, 돌고래, 코끼리, 까치들도 인간처럼 나는 누구인가, 하는 고차원적인 사유의 의문을 가질 수 있을까. 물론 인간과 같은 심연의 사유는 아닐지라도 그 싹조차 없다고 누가 단정하겠는가.

참고로 오늘날 "자아인식"은 혼수상태에 빠진 환자의 생명연장 여부를 판단하는데 결정적인 근거로 작용하고 있다. 또 인간의 지능에 버금가거나 능가할 미래의 인공지능 판단 역시 자아인식을 인공지능 스스로 할 수 있는지 여부가 큰 특이점_{singularity, 기술이 인간을 초월하는 순간}으로 보고 있다.

나는 생각한다. 고로 나는 존재한다.

근대의 문턱에서 태어난 데카르트식 자아는 철저히 홀로인 존재이다. 의심하고 또 의심한 끝에 남겨진, 무너뜨릴 수 없는 마지막 주체이다. 그러나 이 자아는 지나치게 고독하고 심하게 자폐적이다. 그래서 타인을 통해 영향을 주고받으며 짜여 들어가는 현대 우리의 사회적 자아를 설명하기에는 턱없이 부족하다.

한편 인간의 사회관계적 자아 형성은 갓난아이 시절로 거슬러 올라간다. 물건을 붙잡으려고 해도 잡히지 않고 제 몸도 제대로 가누지 못한 상태, 신체가 조각으로 나누어진 느낌, 어눌한 몸짓, 파편화된 감각을 지닌 아이들은 거울을 보고 빙그레 웃는다. 거울을 들여다보니 어눌했던 그 아이는 사라져 없고 신체가 일관되게 형성된 형태의 완전한 아이가 떡하니 거울 앞에 나타나 있기 때문이다.

그때 아이는 착각한다. 저 거울에 보이는 완전하게 형성된 아이가 바로 자기 자신[거울단계 이론]이라고 생각한다. 이렇게 우리 자아는 거울이라는 타인을 통해 생성된다. 그러므로 어차피 내가 직장과 사회에서 가면을 쓰고 친절한 척, 너그러운 척, 사람들에게 보여주는 자아는 거울 같은 타인나를 에워싼 사회으로부터 생성한 것이므로 내 자아는 환상이요 착각임자크 라캉이 뚜렷하다.

아르퀴르 랭보는 이에 한술 더 뜬다. 그는, 나는 내가 아니다.

나는 타인이다, 라고 외친다. 내 감정도 내 것이 아니고 내 생각도 내 특유의 것이 아니다. 나에게 나의 고유의 것이라고는 하나도 없다. 온통 가정에서, 학교에서, 직장에서, 지인들에게서, 방송에서, 사회에서, 종교단체에서 익히거나 들었던 내용들이다. 그래서 나는 내가 아닌 거다. 내가 좋아하는 것, 싫어하는 것도 내 본래의 것이 아니다. 모두 사회문화 환경에 의해 결정된 것을 내가 받아들였을 뿐이기 때문이다. 따라서 이런 타인에 의해 형성된 자아는 진정한 행복, 그러니까 자신의 고유한 행복을 추구하기가 쉽지 않다. 내가 추구하는 행복은 모두 타인의 행복을 답습한 결과물이기 때문이다.

데카르트가 반석위에 세운, 주체적 나는 텅 빈 진공상태에 홀로 머물고 있는 히스테리적 주체이다. 고독한 공간에서 끊임없이 세상을 향해 자신의 결핍을 의심하고 질문하기 때문이다. 이런 고독한 자아는 의미를 발견할 수 없는 자폐적 자아이기도 하다. 그래서 존재들 사이에서 부대끼고 느끼고 즐기면서 드는 행복함이나 다른 존재에게서 받을 수 있는 상처나 아픔 등은 전혀 겪을 수 없는 자아이다.

그래서 이런 의미와 내용이 없는 자아코기토 cogito를 많은 사상가들이 다시 의미 세계인 인간사회 맥락으로 끌어들여 의미화 된 자아이자 사회관계적 자아로 환원시키려 했다. 마치 자연 속 벌거벗은 몸뚱어리 같은 주체코기토 cogito를 사회문화라는 옷을 걸쳐 입은 주체로 탈바꿈시킨 것이다.

마르틴 하이데거는 사회적 관계에 놓여있는 자아에 주목했다. 그는 〈존재와 시간〉에서 인간을 뜻하는 현존재를 독일어 dasein^{다자인}으로 표기했는데, 이 단어는 저기라는 뜻의 da^다와 존재라는 뜻의 sein^{자인}, 즉 저기에 있는 존재를 인간^{dasein, 현존재}이라고 규정했다. 그가 굳이 인간을 여기^{히어, hier}에 있는 존재^{자인, sein}를 뜻하는, hiersein^{히어자인}으로 표기하지 않고 저기에 있는 존재^{dasein}라 일컬었음은, 인간은 나 홀로 갇혀 고독 속에 있는 여기에서는 자신의 존재방식을 갖거나 펼칠 수 없고, 사람들이 북적거리며 왁자지껄 떠들고 있는 저기, 그러니까 나를 감싸 안고 있는 저기 가족이, 저기 마을이, 저기 사회가 여기에 있는 나를 결정하고 가둔다는 뜻이다. 그러므로 인간은 저기의 사회문화와 의미의 틀 속에서 생존숙제를 풀어나가야 한다. 그리고 그 과정에서 행복회로를 작동하는 법을 터득해야 한다.

자신의 연인인 보부아르와 계약결혼을 함으로서 당시 유럽과 미국의 젊은 청춘들에게 이른바 계약결혼이라는 방식을 크게 고양시킨, 장 폴 사르트르는 〈존재와 무〉에서, 존재를 그 존재방식에 따라 즉자존재와 대자존재 두 가지로 나누어 살폈다. 책상이나 테니스 라켓, 책, 바위들은 의식을 갖지 않기 때문에 그 자체로 존재하는 것^{즉자존재}이고 이와 달리 인간은 책상이나 바위 같은 사물처럼 한 역할에 고정^{본질}되질 않고, 어떤 대상에 관계해서 존재^{대자존재}한다고 구분했다. 그냥 존재하는 것은 사물일 뿐이고 인간은 어떤 것에 대하여 또는 누군가와의 어떤 관계로 존재한다는 방식이다. ^{원래 헤겔에서 빌려온 개념}

그가 보부아르와 전통적 결혼을 하지 않았던 것은 보부아르의 남편^{즉자존재}이라는 즉자적 틀 속에 자신을 고립시키고 싶지 않아서였다. 남편으로 고정되어 즉자존재가 되면 그는 부인인 보부아르 이외의 어떤 여자하고 사랑을 나누면 안 된다. 이런 논리적 기반을 바탕으로 그는 대자존재가 되어 연애영역에서 자유로움을 만끽하고 싶었다. 물론 연인인 보부아르도 사르트르의 이런 철학적 실험에 흔쾌히 동의했었다.

에로스의 숨결과 결핍의 공간

반려견, 조이는 나를 어떤 존재라고 생각할까? 산책길에 가끔 가져보는 질문이다. 어쩌면 갓난아이가 부모를 바라보듯, 조이는 나를 온전히 자신을 지켜주는 절대적 존재로 느끼고 있을지 모른다. 녀석이 공포를 느끼는, 검은 빛을 띤 커다란 개가 나타날 때마다 나는 본능적으로 조이를 안아 품고, 안전한 곳으로 데려간다. 산책길에서 녀석이 가장 좋아하는 놀이를 함께하고, 먹을 것과 마실 물을 아낌없이 챙겨주며 녀석 삶의 세계를 완성시켜 주기도 한다. 그런 점에서 나는 조이에게 부모와도, 더 나아가 신과도 같은 존재일지 모른다.

이렇듯 조이는 자신이 필요로 하는 모든 것을 충족해주는 나에게 의지하며 살아간다. 그리고 나는 변함없이 녀석을 품어준다. 결핍된 존재가 온전한 존재를 대하는 방식, 일테면 어린아이

가 부모에게 기대듯 조이는 나를 통해 자신의 부족함을 채우며 이 세상을 살아간다.

이런 관계는 그리스 신화의 에로스와 프시케 이야기를 떠올리게 한다. 완전함과 결핍이 만나는 사랑이다. 프시케는 에로스에게 순종하고, 그를 붙드는 것만으로 그의 욕망은 충족된다. 떨림이나 그리움, 용기나 절제, 배려나 책임 같은 인간적인 사랑의 감정 요소들은 개입할 여지가 없다. 상호의존이 아닌 일방적 의존이기 때문이다.

그런 까닭에 이런 완전함과 결핍으로 이루어진 이 공간에서 에로스적 감정은 숨을 고르기 힘들어한다. 결핍된 존재가 온전한 존재에 자꾸 기대다 보면 사랑을 살아 움직이게 하는 여러 감정들이 서서히 퇴화되기 때문이다.

반면 인간들의 사랑은 결핍과 결핍의 만남에서 피어난다. 서로의 부족함이 서로를 향해 떨리고, 그리워하고, 머뭇거리게 하다 마침내 다가가게 만든다. 그래서 서로에게 스며고 끌리는 상호작용이 생겨나고 그들은 결국 사랑의 에너지를 만들어내고, 이 에너지는 두 사람의 삶을 풍성하게 가꾸어준다.

그러나 오늘날, 교육과 소득 수준이 높아진 사회에서 사랑을 택하지 않는 이들이 늘고 있다. 사랑이 가져오는 감정 소모가 버겁다는 이유, 또 풍요 속의 상대적 박탈감 때문도 있는 듯하다.

반대로 조이처럼 스스로를 결핍된 존재로 느끼며 온전한 대상에 의지하려는 사람들도 꽤 있다. 백마 탄 왕자나 아름다운 공주를 기다리는 사람들, 거대한 자본으로 말미암아 자신이 더 이상 부족함이 없다고 생각하는 사람들, 또 완벽에 가까운 스포츠 스타에게 열광하며 그들에게서 자신의 부족함을 보충하려는 심리도 같은 맥락인 것이다.

머나먼 미래, 기술적 특이점을 넘어선 시대에 있어서 인간과 인공지능 사이의 사랑 역시 결핍된 인간이 온전함을 지닌 존재에 기대는 방식이 될 가능성이 크다. 이처럼 완전하고 무결점에 가까운 존재와 결핍된 존재가 사랑을 나눈다면, 인간 사이에서만 움트는 그 미세한 떨림과 상호작용은 싹트기 어렵다. 조이가 나에게 의존하듯, 인간 역시 인공지능에게 기대어버린다면, 사랑은 '만나 피어나는 것'이 아니라 '의지해 완성 되는 것'으로 바뀌어 갈 가능성이 분명하기 때문이다.

가는 겨울과 오는 봄의 치열한 자리다툼

올 사월에도 날씨는 여전히 얄궂고 변덕스럽다. 하루가 멀다 하고 극한으로 치닫는 기후는, 조이와 함께 산책을 할 때마다 그저 숨을 고르게 만드는 일만이 아니었다. 그 며칠 전, 낮에는 봄 햇살이 온 대지를 포근히 감싸, 오랜만에 녀석과 느긋하게 산책길을 걸을 수 있었다. 그러나 저녁이 되자, 구름이 새까맣게 하늘을 뒤덮고 진눈깨비가 흩날리며 도섭스러운 강풍이 휘몰아쳤다. 그리고 다음날 낮 동안 기온이 올라 대기 상층의 차가운 공기와 서해에서 날아든 따뜻한 공기가 뒤섞이면서 순간적으로 강력한 에너지가 일었고, 그 틈새를 타고 바람은 더욱 거세게 몰아쳤다.

그제는 믿기지 않을 만큼 함박눈이 내려 온 대지를 하얗게 뒤덮어버렸다. 어제는 또 언제 그랬느냐는 듯 구름한 점 없이 파

란 하늘에 따사로운 햇볕이 쌓인 눈을 녹이더니 날은 다시 밤중 내내 심술을 부렸다. 천둥과 돌풍이 베란다 앞 유리를 강타했다. 오늘 아침 나절에는 앞을 헤아릴 수 없을 만큼의 미세먼지와 중금속을 앞세운 슈퍼황사가 마을을 덮쳤다. 그런데 오늘 오후엔 봄비가 소리 없이 대지를 적시며 쌓였던 눈을 말끔히 씻어냈다.

이 같은 사월의 변덕현상은 따져보면, 떠나야 하는, 걸쌈스러운 겨울과 오는 봄이 겯고틀며 치열한 자리다툼 때문에 발생한다. 떠나야 할 겨울이 몽니를 부려 광기의 디오니소스를 불러내 대기를 불안정하게 만들기 때문이다. 광기의 디오니소스는 미친 듯이 춤을 추어대며 봄이 자리를 못 잡도록 가리 틀며 들어온다. 이에 맞선 봄의 아폴론은 겨울이 남쪽으로 빠져나가도록 디오니소스를 집요하게 설득하지만 쉬운 일이 아니다. 비록 수긍하여 따사로운 봄볕에 자리를 비켜주다가도 마음 변한 디오니소스는 음흉한 미소를 지으며 햇살 짓는다. 그리고 얼마안가 문지방을 슬그머니 다시 넘어와 겨울을 데리고 방 한 가운데에서 똬리를 튼다. 머리를 실실 풀어 해쳐가면서.

그리스 신의 제왕, 제우스의 아들들인, 아폴론과 디오니소스는, 단순히 빛과 어둠, 이성과 감성이라는 상징을 넘어 인간 내면의 깊은 원형을 드러낸다. 태중에서부터 헤라의 질투라는 고초를 겪어야 했던 공통적 상처는, 그들로 하여금 반드시 트라우마의 해방구를 찾게 만들었다. 아폴론은 현실을 냉정히 바라보며 추상적 합리의 길까지 나아갔고, 디오니소스는 감각의 극한으로 몸과 마음을 몰아놓으며 광란과 도취의 세계로 빠져들었다.

동서고금을 통해 인간은 이 두 신의 아우라 속에서 기쁨과 슬픔, 욕망과 절제를 배우며 살아왔다. 그들은 인간의 행복과 불행 속으로 스며들어, 때로는 교묘히 우리의 선택과 행동을 이끌기도 했다.

오후 네 시인데 여전히 앞을 분간 할 수 없는 장대비가 내리고 있다. 이제 더 이상 아폴론과 디오니소스의 농간으로 이 비가 생명체의 발육에 방해되는 비가 아니길 기대해 본다. 이 작달비가 따스한 봄볕 못지않게 생명을 움트게 하고 생기를 불어넣어 주는 행복의 물줄기가 되어주길 간절히 바란다.

안타까움

인간은 욕망의 회로 속에서 빙빙 돈다.

내가 식사할 때면 조이 녀석은 어김없이 내 옆에 바짝 붙어 앉는다. 그리고는 온 마음을 담은 눈망울을 나에게 보낸다. 내가 젓가락을 드는 순간보터 식사를 마치는 그때까지 녀석은 변함없이 애달픈 표정으로 나를 향해 작은 소망을 보낸다. 내가 녀석에게 밥을 주다 말고 잠시 딴 생각이라도 할라치면 녀석은 앞발로 내 허벅지를 툭툭 두드린다. 왜 이렇게 띄엄띄엄 주느냐, 는 조용한 항의이다.

그러다 내가 식사를 마치고 식탁에서 일어나면 녀석은 마치 더 바라지 않는다는 듯 털썩 몸을 일으켜 제 집으로 터벅터벅 걸어간다. 그리고 신기하게 그 후로는 먹을 것에 대해 어떤 요구도 하지 않는다. 뭔가 부족함을 느낄 법 한데도 녀석은 욕구_{식욕, 구체적인 것}를 넘어서는 어떤 욕망_{식욕을 넘어선 추상적인 것}을 나에게 드러내는 법이 없다. 물론 이런 행동이 9년을 그렇게 살아오며 완성된 습관일지도 모른다.

조이가 결핍을 느끼는 순간은 단순하다. 뭔가 부족함을 느낀다는 것, 결핍을 느낀다는 것은 녀석이 배고플 때나 목마를 때 나타나는 현상욕구인 것이고 그럴 때면 녀석은 그런 욕구를 항상 내게 숨김없이 드러낸다. 요구 즉 내게 곧바로 요구먹고 싶은 욕구를 표현하는 행위를 표명한다. 요구의 방식은 제 밥통과 물통을 주둥이로 들었다 놨다 하여 그 사실을 지체 없이 내게 알린다.

우리 인간도 마찬가지다. 우리도 결핍을 느낄 때마다 어떤 대상에게 욕구를 표출요구한다. 인간 역시 욕구를 드러내는 방식요구, 즉 요구욕구 표출하는 방법이 조이 녀석처럼 직설적이거나 간단한 방식을 취하는 경우가 많다. 배고플 때 또 어떤 드라마나 영화를 보고 싶을 때 사람들 대부분은 그 욕구를 솔직히 드러내는 방식요구을 취하고 그럼으로써 그 욕구를 채워나간다. 이럴 땐 대개 큰 여운추상적인 욕망이 남아 있지 않는다.

그러나 인간 세계에서의 모든 순간이 그렇게 단순하진 않다. 꽤나 복잡한 양상을 띤 경우가 흔하다. 인간은 종종 욕구를 있는 그대로 말하지 못할 때가 있기 때문이다. 그 상황으로 들어가 보자.

첫 만남을 가진 남녀가 카페에서 나온 뒤 공원에서 두어 시간째 이야기를 나누고 있다. 여자는 소개팅 약속을 준비하느라 식사도 못하고 나왔고, 시간이 길어지자 배가 서서히 고파왔다. 남자는 그녀의 속사정을 알지 못한 채 이야기에 빠져 있다. 그러는 사이 여자의 배는 꼬르륵 소리를 내고 있었다. 여자는 이 단순한 요구를 어찌 말할까 고민한다. 이때 남자가 마음에 들지 않았다면 간단했을 것이다. 약속이 있다고 말하며 공원을 빠져나오면 그만이다. 하지만 마음에 들면 상황은 복잡해진다.

혹시 요리에 관심 있으세요? 하고 슬쩍 이야기 방향을 틀어보기도 하고, 좋아하는 음식 있으세요? 하고 은근히 떠보기도 한다. 조이처럼 욕구를 곧장 드러낼 수 없기 때문에 포장된 문화적 언어로 에둘러 표현해 볼 수 있는 것이다.

시간은 여러 해 흐르고 두 사람의 사랑이 깊어졌을 때의 일이다. 어느 카페에서 여자가 말한다.

"나를 사랑해? 나를 이해해 줘."

"당연하지, 내가 얼마나 사랑하는지 자기는 알잖아."

여자는 남자를 올려다보며 말한다.

"나를 진짜 이해해 달란 말이야."

남자는 당황한다. 무엇을 말하는지, 무엇을 바라며 이런 말을 하는지 알 수 없기 때문이다. 그래서 묻는다.

"그럼, 뭘 이해해 줘야하는지 자세히 얘기 좀 해 줄래?"

여자는 얼굴을 들어 자신의 눈을 남자의 눈에 맞춘다.

"그걸 꼭 말로 해야 돼?"

순식간에 여자 친구를 이해하지 못한 남자 친구가 되어버린 남자는 속수무책으로 눈을 깜빡거리며 여자를 바라본다. 여자는 혼잣말하듯 중얼거린다.

"정말 나를 사랑한다면…, 나를 이해한다면…, 내가 생각하고 있는 이곳, 이 마음의 자리 안으로 들어와서 나를 봐줘야 하는 것 아니냐구. 바보…"

이들 남녀의 대화엔 욕구를 향한 직설적 요구가 없다. 온통 상징과 문화적 언어 또 감정의 결이 얽혀 있을 뿐이다. 욕망이 개입했기 때문이다. 욕구와 요구의 불일치, 바로 그 틈에서 욕망이 생겨나고 거기에 인간의 언어가 개입하여 욕구를 넘어서는 욕망의 회전이 서서히 시작되는 것이다.

인간만 왜 유독 욕망의 회로 속에 갇히는가?

그 이유는 언어, 바로 인간의 언어 때문이다. 언어는 언제나 욕구를 초과한다. 즉 자신의 요구를 정확히 언어로 표현하지 않는다. 과장하던지 숨기던지. 이같이 인간의 언어는 늘 은유와 환유를 끼고 흐른다. 또 설혹, 같은 말을 해도 사람마다 다르게 이해하고 또 말하는 사람의 의도와 듣는 사람의 해석이 끝없이 미끄러진다.

예를 들어, 나는 당신을 사랑합니다, 라는 화자 말의 의미와 의도 등이 듣는 청자의 처지나 경험에 따라 그 의미와 의도가 일치하지 못하고 늘 미끄러진다는 뜻이다. 소쉬르가 말했듯이 기표의미하는 것, 시니피앙와 기의의미되고 있는 것, 시니피에는 완벽히 붙잡히지 않는다. 말하는 순간 의미는 신기루처럼 조금씩 멀어져 간다.

그래서 인간의 언어는 언제나 무언가를 가리키면서도 결코 그 대상에 닿지 못한다. 그 미끄러짐, 그 거리, 그 틈을 향해 인간은 계속해서 나아간다. 이것이 욕망이다. 이런 점이 인간만이 욕망의 회로 속을 끝없이 돌게 되는 이유이다.

반면 갓난아이와 강아지는 욕구와 요구가 거의 하나이다. 배가 고프면 밥통을 걷어차고 아프면 낑낑댄다. 그 외의 추상적 요구는 없다. 욕구를 채워주면 곧장 만족에 이른다. 남는 잔여분, 곧 욕망이 전혀 없기 때문이다.

그러므로 인간은 언어 때문에—말하는 순간 무언가가 남기 때문에—욕구를 넘어서는 욕망의 회전을 시작한다. 말로 닿을 수 없는 무언가 또 의미 너머의 결핍을 향해 끝없이 움직인다. 그리하여 인간은 욕망의 고리를 끊지 못한 채, 그 회로 안을 돌고 또 돌게 되는 것이다.

그래, 울고 또 밤새토록 울어라

보름 전께, 친구가 15년을 넘긴 애완견이 수명을 다했다는 소식을 전해왔다. 나는 그를 도와 반려동물 화장터를 향했고 그곳에서 애완견의 사체를 화장하고 유골을 그 녀석이 자주 다니던 산길에 뿌려주고 집에 왔다.

애틋하게 눈시울을 붉히던 친구, 가슴이 먹먹해하며 눈물을 글썽이던 친구의 자녀들과 함께 강아지의 마지막을 배웅하던 광경들이 지금도 선연하다. 오래 깊이 품어온 애정과 마지막 순간에 건네는 인사의 말, 그 절절한 이별의 모습이 아직도 마음 한편에 남아 있다. 그 진심어린 애도를 바라보다 보니, 문득 오래전 학창시절의 한 사건이 떠올랐다. 몇 십 년이 훌쩍 지난 옛이야기이다.

그날은 먼동조차 트기 한참 전인 캄캄한 새벽녘쯤이었다. 대학연합서클 여자후배한테 전화 한통이 걸려왔다. 다급한 숨결이 수화기 너머로 흘러나왔다. "선배님, 여기로 좀 와 주세요, 청량리역 쪽에 있는 ○○병원 아시죠? 거기 영안실에 있습니다. 빨리 여기로 와주세요." 무슨 일이냐고 물을 겨를도 없이 후배의 수화기는 뚝 끊어졌다.

불길한 예감 속에 허겁지겁 옷을 걸치고 병원으로 달려갔다. 영안실을 지나 어둑한 한 구석에 후배가 웅크린 채 앉아 있었다. 나를 본 후배는 말을 잇지 못하고 숨만 길게 들이쉬었다. 먼저 도착한 한 서클 친구가 나한테 걸어오며 내 이름을 불렀다. 그 친구는 나를 데리고 장례식장 밖으로 나갔다. 그는 장례식장에 들러 사람들에게 먼저 자초지종을 듣고 온 길이었다.

간호학과를 졸업한 후배는 서울 근교에 있는 어느 시골 보건소에 근무하고 있었다. 후배가 의료 환경이 열악한 시골 보건소를 골라 자원하던 곳이었다. 내원한 환자들은 주로 시골 젊은이들이었고 당시만 해도 청년들이 농촌에 꽤 남아있던 시절이었다.

그 환자들 중 유난히 자주 보건소에 드나들던 청년이 있었다. 몸에 조금만 이상을 느껴도 들러 진찰을 받고는 했고 그러던 중,

후배에게 자주 말을 붙이곤 했다. 후배는 늘 그렇듯 친절하게 웃으며 응대했다. 그리고 몇 달이 지나자 청년은 어느새 후배에게 마음들 두고 있었다.

그리고 어느 날부터인가 청년의 말투와 눈빛은 미묘하게 달라졌고, 후배는 그것이 부담스럽기 시작했다. 당시 후배에게는 군 복무 중인 남자친구가 있었다. 그러나 청년의 마음은 순수했고 욕망의 냄새가 배지 않은 진실한 사랑이었다.

그는 서툰 말투로 사랑을 조심스레 고백했다. 처음엔 농담이라 여겼다는 후배도 그의 성근 눈빛을 보고 사태의 무게를 느낄 수밖에 없었다. 후배는 차마 말을 꺼내, 남자친구가 있다고 진실을 밝혔다. 하지만 그 말은 청년의 마음에 오히려 불을 지핀 셈이 되었다.

아프지도 않으면서도 보건소를 들락거리고, 날마다 정문 앞에서 후배의 퇴근을 기다리는 일이 잦아졌다. 그가 바라는 건 단 하나, 자신의 사랑을 받아달라는 것이었다. 후배는 매번, 정중히, 그러나 단호하게 거절할 수밖에 없었다. 이렇게 남자친구에게 도움을 청할 수 없는 진퇴양난의 날들이 지속적으로 이어졌다.

그러던 어느 날, 마침내 청년은 비장한 마음으로 후배를 찾았다. 사랑을 받아주지 않으면 살아갈 이유가 없다는 절박한 말까지 서슴지 않고 말했다. 그럴 때마다 후배는 거절했고, 그 말이 지나고 사나흘쯤 지난 날, 청년이 살던 마을 주민 한 사람이 긴급히 보건소로 달려왔다. 청년이 제초제를 마시고 쓰러져 있다는 소식을 전하려 한 것이었다.

후배는 급히 마을로 달려가 창백한 얼굴로 누워 있는 청년을 보고 그 자리에서 울음을 터뜨렸다. 급히 구급차에 실어 서울 청량리 인근 ○○병원 응급실로 옮겨 위세척 등 온갖 응급처치를 시도했지만 끝내 청년은 숨을 거두고 말았다.

후배는 자신의 잘못이라 여겼는지, 차가운 관에 누운 청년의 몸을 부여안고 울고 또 울었다. 나와 친구는 흐느끼는 후배 곁에 조용히 서 있었다. 그러던 중에 후배의 낮고 떨리는 목소리가 어두운 공간을 갈랐다.

"모두 나 때문이야, 나 때문이라고…, 지금부터라도 난 저 사람과 함께 할 거야. 나도 저 사람이랑 함께 갈 거라고…." 섬뜩한 말이었다. 후배의 절망과 혼미한 심리가 몰아치는 그 순간, 혹여 후배마저 극단적인 길을 택하지 않을까, 하는 두려움이 엄습했다. 결국 나와 친구는 후배를 붙들고 어설픈 논리를 늘어놓으며 만류하기에 바빴다.

"너 잘못이 아니잖아… 네가 이성을 잃으면 안 돼… 어떻게든 버텨야지…"

지금 생각해보면, 우리는 참으로 어리석었었다. 사랑 때문에 목숨을 버린 이의 정당한 슬픔을 또 그를 애도해야 할 시간을 우리가 멋대로 막아섰던 것이다. 애도의 시간을 충분히 누리지 못하면 마음에 깊은 멜랑꼴리melancholy, 우울함가 남는다는 심리학적 상식조차 몰랐던 시절이었다.

그때 나나 친구가 후배에게 해주었어야 할 말은 딱 이 한 줄이었다. "그래, 울고 또 울어라, 밤새토록 울어라…, 네가 울어야 할 저 사람이 저승으로 잘 건너갈 수 있도록."

친절함과 고약함, 그 마음의 지도

몇 년 전의 일이다. 6kg정도 나가는 조이 녀석과 산책하던 중, 녀석보다 한참 작은, 약 3kg정도 되는 바둑이를 만났다. 조이 녀석이 반갑다는 몸짓을 숨기지 못하고 성큼성큼 바둑이에게 다가가는 바람에 견주에게 괜찮냐, 하는 인사말을 꺼낼 겨를이 없었다. 바둑이는 조이를 흘끗 바라보더니 잔뜩 주눅 든 표정에 얼어붙어 있었다. 그 순간 불안이 스쳤다. 아니나 다를까, 달려드는 조이에게 바둑이는 본능처럼 맞섰고 순식간에 조이의 눈가를 물어버렸다.

깨갱하는 소리와 함께 조이가 뒷걸음질을 쳤고, 녀석의 얼굴은 어느새 붉은 물감이라도 끼얹은 듯 빨간 피로 젖어 있었다. 바둑이의 입가에는 조이의 흰 털이 한 움큼 매달려 흔들렸다. 녀석이 아마 사회성이 부족했거나 두 배나 되는 덩치의 개가 갑작

스레 다가오자 두려움이 공격으로 바뀌었던 탓이었을 것이다. 다행히 상처는 눈동자가 아닌 눈가의 털이 뜯긴 데서 난 피였다.

이렇듯 동물들은 자신의 수가 틀리다싶으면 즉각적이고 직접적으로 폭력을 행사하는 경향이 강하다. 인간도 가끔은 그렇다. 인간에게도 동물처럼 폭력성이 내재되어 있다. 그러나 인간에겐 동물과 다른 충동도 가지고 있다. 동물처럼 멀쩡한 곤충을 잡아 죽이는 고약한 충동이 있기도 하지만, 그 반대로 상해를 당해 절뚝거리는 동물을 치료해 살려내려는 친절한 충동 또한 인간은 갖고 있다. 다시 말하면 우리 인간에게는 생명을 살리고 싶은 선한 충동과 생명을 죽이려 하는 고약한 충동이 함께 섞여 있다.

역사적으로 볼 때 폭력은 오랫동안 인간의 일상이었다. 계몽주의 이전, 신화적 세계관이 지배하던 전통사회에서 폭력은, 사적 다툼뿐 아니라 공적 형벌에서도 흔한 선택지였다. 그리고 탈주술화·탈마법화를 외친 근대로 넘어오면서도 폭력은 은근히 제도 속에 스며들어 있었다.

우리나라 계몽주의는 서양문명의 수용과 전개하는 과정에서 태동했으며, 특히 학교는 그 경향이 뚜렷했다. '아는 자가 모르는 자를 깨우친다.'는 수직적 계몽의 구조가 교육을 지배했다.

그래서 배움이 더딘 학생이나 성적이 낮은 학생은 '계몽의 대상'
이 되어 체벌과 꾸지람, 때로는 노골적인 폭력을 당했다. 당시
교사들은 이런 폭력을 교육의 도구라 여겼고, 당시 학생의 인권
은 공허한 문장으로만 존재했다.

　그러나 폭력이란 결국 상대를 사물처럼 다루는, 인간성을 훼
손하는 행위에 다름 아니다. 언어폭력 또한 마찬가지이다. 상대
에게 삶의 기쁨을 누릴 기회를 빼앗는 폭거이다.

　타인의 윤리학이 필요하다. 엠마누엘 레비나스

　이런 폭력이 난무한 시대에 프랑스 철학자 엠마누엘 레비나스
는 '타인의 윤리'를 꺼내 든바 있다. 타인을 지배하거나 도구로
삼으려는 태도에서 벗어나 타인의 얼굴을 하나의 세계처럼 환
대해야 한다는 것이다. 이런 레비나스의 충고를 채택해 우리가
폭력 없는 사회를 향하려면 계몽적이고 수직적인 사고에서 벗
어나 수평적이며 서로를 존중하는 관점으로 이동해야 한다. 모
든 인간이 인격체로 인정받는 분위기, 그리고 생명을 향해 손을
내밀고자 하는 친절한 충동을 사회에 퍼뜨려 행복한 사회를 만
들기 위해서이다. 더불어 한 인간의 행복에 대한 기회를 넓혀 주
기 위해서이기도 하다.

인간에겐 사회적 현상이 나무에겐 자연환경이

올 봄은 유난히 더디다. 변덕도 아주 심하다. 3월엔 꽃샘추위가 한 달 내내 심술을 부려 호흡하는 생명체는 봄기운을 느낄 수 없었다. 4월 역시 초순까진 춘기가 별로 기세를 펴지 못했다. 날이 풀리는 듯 했으나 동군東君, 봄의 신의 변덕스러움이 여간 아니었다. 최근에 와서 하루 종일 앞을 헤아릴 수 없을 만큼의 미세먼지와 중금속을 앞세운 슈퍼황사가 우리 한반도를 덮쳤다. 그 며칠 뒤 천둥과 돌풍이 집 앞 베란다 유리를 강타하는 바람에 나는 잠을 설쳤다. 밤새 내린 봄비는 소리 없이 온 대지를 적시었다.

휴일에 내가 가끔 조이 녀석이랑 산책하는 길엔 플라타너스, 은행나무, 벚나무가 즐비하다. 불과 열흘 전만해도 우리가 봤던 나무들은 검붉은 색에 벌거벗은 채 한 겨울모습의 그대로였다. 봄은 왜 이리 더디게 오는지. 엊그제 천둥 번개에 돌풍이 할퀴고

간 자리엔 연한 싹을 움텄던 가지가 끊어져 길가에 널브러져 있었다. 조이 녀석과 함께 다가가 살펴보니 가지에서 새싹을 틔우려는 몸부림을 읽을 수 있었다. 그것이 그만 허무하게 절단되어 길가에 나뒹굴어 있었다.

마침 유명한 대학교의 한 학생이 높디높은 아파트에서 투신자살했다는 라디오 뉴스가 들린다. 이번 사건이 벌써 네 번째라 한다. 안타까운 소식이다. 자연현상도 사회현상도 우리의 신경을 퍽 날 서게 하는 요즘이다. 그들은 뭇사람들에게 선망의 대상인데다 수재와 영재라 불리는 청년이었다. 대한민국의 과학을 선도할 청춘이 망울을 채 영글기도 전에 생명을 버렸다. 그들에겐 한줄기 희망도 없었던 것일까. 무엇이 노벨상이라는 청운의 꿈을 안고 교정에 들어 온 그들에게 절망의 어두운 그림자를 드리우게 한 것일까.

카랑카랑한 목소리의 뉴스 해설가가 내린 진단이 뒤따랐다. 카이스트 학생들의 심리를 압박하고 억압하여 그들을 절망으로 내 몬 징벌적 등록금제, 전 과목의 영어수업, 무한경쟁을 유도한 교육제도가 문제였다는 것이다. 에밀 뒤르켐Emile Durkheim이 자살을 사회적 현상에서 찾았던 것을 유의한 해설 같았다. 자살은 분명히 사회적 현상이며 그 원인 역시 사회적이라 했던 그의 말에는 인간에게는 사회적 환경이, 나무에게는 자연환경이 절대적 영향을 미친다는 말일 터이다.

모처럼 화사한 봄날이 찾아와 조이 녀석과 함께 들판으로 산책을 나설 수 있었다. 비바람에 아랑곳 하지 않고 나무마다 꽃망울을 틔운 목련이 먼저 큰 꽃 대궐을 이루었다. 벚꽃도 화려하게 피어오르는 것 보니 목련이 올해는 좀 더디게 피워낸 것 같다. 산간지역엔 개나리와 진달래도 아름다운 자태를 뽐내며 봄날을 한껏 들뜨게 한다. 배나무가 연출해 내는 하얀 배꽃이 사람의 눈에 겹다. 배꽃의 만개는 이제야 시작이다. 도회지에선 맛볼 수 없는 봄의 진풍경이다. 고즈넉한 배 밭 풍경이 보는 상춘객에게 신선한 충격을 안기기에 손색이 없다.

오후부터 다시 천둥 번개에 돌풍이 불고 황사비가 내린다는 뉴스이다. 어렵게 피워낸 목련의 큰 꽃망울은 이미 잔디위에 떨어졌고 하얀 벚꽃도 희디 흰 배꽃도 강풍에 밀려 곧 땅에 떨어져 흩어질 것이다. 그러나 분명한 것은 따사로운 봄과 신록의 오월이 반드시 찾아온다는 사실이다. 그러기에 벚나무와 배나무는 이제부터 본격적으로 줄기에 싹을 틔우고 희망의 열매를 맺기 시작하고 있는 것이다.

디지털 세상 속 저항의 부재

반려견, 조이 녀석은 새벽녘쯤에 한 시간 산책을 제외하면, 거의 온종일 집 안에서 시간을 보낸다. 대문은 굳게 닫혀 있기 때문에 녀석은 스스로 밖으로 나갈 자유를 누릴 수 없다. 어찌 보면 하루 중 오로지 스물세 시간 동안 집안에 갇혀 있는 셈이다. 그래서 나는 가끔, 녀석은 답답하지나 않을까, 혹은 녀석은 이곳을 창살 없는 감옥이라고 생각하지는 않을까, 하는 생각을 하곤 한다.

하지만 오랫동안 녀석과 함께 생활해 온 나는 이런 대답을 내놓으며 작은 안도감을 갖는다. 먼저, 녀석이 답답함을 느낄 가능성은 분명히 존재한다. 녀석이 자주 유리창을 통해 밖을 내다볼 때마다 녀석이 밖에 나가고 싶은 갈망이 몸에 잔뜩 들어있구나, 하고 생각되기 때문이다. 밖에서 강아지들이 짖는 소리를 들으면 이에 뒤질세라 유리문으로 달려가 마구 짖어댄다. 유리문

을 뚫고 나갈 기세로 흥분하며 몸을 던지기도 한다. 나가서 함께 뛰놀고 싶은 열망이 녀석의 몸 안에서 부풀고 있다는 뜻이다.

그러나 녀석이 창살 없는 감옥이라고 생각하는지에 대해선 흔쾌히 동의하기 어렵다. 물론 녀석에게 밖에 나가 즐길 자유가 박탈당하고 있다는 객관적 현실에는 동의한다. 그런데 이런 점을 넘어 창살 없는 감옥이라는 점이 녀석에게 적용되려면 녀석 스스로가, 나는 밖에서 즐길 자유를 박탈당하고 있다, 하는 인식을 가지고 있어야 한다. 달리 말하면 녀석에게 저항의식이 내재되어 있어야 한다. 하지만 나는 조이의 눈빛이나 행동 어디에서도 그런 의식을 본 적이 없다.

반대로 인간에게 하루에 한 시간만 외출이 허용되고 나머지 스물세 시간을 집에서 보내라고 한다면 대부분은 가택연금이나 감옥이라고 생각해 반발이 심할 것이다. 고대 노예도 마찬가지였다. 비록 자신의 신체가 주인에게 구속되어 있더라도 노예는 자신이 자유가 박탈당하고 있음을 알고 있었다. 그래서 그의 마음속엔 항상 저항의식이 꿈틀거렸다. 아무리 동물처럼 대우를 받던 노예라 하더라도 인간인 이상 조이 녀석과는 비교할 수 없는 다른 차원의 의식을 보인 것이다.

오늘날 우리는 디지털 상업자본주의의 거센 파도 속에서 휴대폰이라는 작은 기기를 생활의 마스터키로 삼고 살아간다. 통신과 오락, 뉴스와 무수한 정보를 한 손 안에서 다루게 해주는 최첨단의 결정체이기 때문이다. 지하철과 버스에서의 사람들은 화면에 시선을 붙잡힌 채 승강장과 목적지를 지나친다. 길을 걷는 사람, 공원을 산책하는 사람, 심지어 카페에서 데이트를 즐기고 있는 연인들까지도 서로의 얼굴보다 자신의 휴대폰 화면에 더 몰두한다. 잠자리에 누운 순간까지도 스마트폰은 눈부신 콘텐츠의 홍수로 우리를 유혹한다.

우리는 어느새 가상세계에 갇혀있다.

그러나 우리는 그 사실을 좀처럼 자각하지 못한다. 디지털 세계에 머무는 동안, 현실이라는 광활한 공간에서 누릴 자유가 서서히 박탈되고 있다는 사실도 체감하지 못한다. 그 사이 디지털의 쾌감은 우리의 감각을 마비시키고 감춰져 있던 저항 의식마저 고요히 잠재워 버린다.

이 고요를 원하는 자들은 누구인가. 절대 권력을 유지하려는 통치자들, 혹은 반항 없는 소비자를 만들어 이윤을 극대화하려는 기업가들이다. 우리는 그들이 정교하게 제조해놓은 쾌감에 매혹되어 그 속을 자유라고 착각하며 우리의 시간을 바치고 있다.

하지만 곰곰이 생각해보면, 그들의 세계에 과도하게 몰입하는 동안 우리는 현실을 잊어간다. 사람들, 바람, 계절 그리고 세상과 연결된 감각들이 조금씩 퇴색해간다. 인간은 원래 타인과 세계와의 소통 속에서 자아를 이루고 그 조화로움 속에서 깊은 행복을 경험해 왔다. 사랑을 느끼고 기쁨을 몸 전체로 누리던 그런 순간들은 모두 그 현실에 발을 붙이고 있었을 때였다.

그런데 디지털의 가상세계는 우리에게 끊임없이 속삭인다. "현실을 잠시 잊고 살아라." 그리고 우리는 그 달콤한 설득에 쉽게 넘어간다. 결국 우리는 유리 액정 속에 갇힌 채 현실 세계를 잃어가고 있다.

현실과의 접촉이 줄어들수록 감각만 자꾸 소모되고 육체의 활동은 점점 뒤로 밀려난다. 사람들과 마주 앉아 대화하는 일도 뜸해지고 급기야는 타인의 존재가 크게 필요하지 않다는 착각까지 일게 된다. 집에서 혼자 게임을 하고, 혼자 배달 음식을 먹으며 또 혼자 모든 시간을 소비하는 삶 등, 이런 생활이 익숙해지면 두뇌는 감각적 만족만 추구하고 몸은 밖으로 나갈 이유를 잃는다. 아마 더 멀지 않은 미래에는 손이나 피부에 쾌감 센서를 연결해 감각만을 자극하는 방식으로 만족을 얻는 시대가 올 지도 모른다.

이처럼 현실 세계와의 접촉이 끊어질수록 인간은 실재감을 잃어간다. 그와 함께 우리는 타인을 기피하고 끝내는 우리에게 외로움과 우울감이 밀려온다. 이것은 가상세계에 갇혀 세상과 사람을 잃은 대가이며 자유를 잃고도 저항하지 못한 결과이다.

그래서 지금 우리에게 필요한 것은 저항의식의 부재를 자각하는 일이다. 디지털 세계의 울타리가 점점 더 견고해지는 오늘날, 그 흐름에 저항하고 맞서 싸우는 사회적 합의를 만들어야 한다.
그런데 개인의 자각만으로는 한계가 이미 명확해졌다. 따라서 이제 각자의 작은 자각을 서로 일깨우면서 동시에 이를 바탕으로 공동의 저항의식을 키워내는 사회적 상상력과 실천이 절실한 시대가 되었다고 나는 굳게 믿는다.

고독과 단절의 환승역에 드나드는 당신

조이 녀석과 울창한 숲길을 산책하다보면, 숲속의 자연이 하나의 거대한 생명체로 살아 숨쉬고 있음을 새삼 실감하게 된다. 더군다나 식물인데도 마치 뇌를 갖고 스스로 움직이며 살아가고 있는 것 같은 착각을 불러일으킬 정도로 식물들의 거대한 숨결에 숭고함이 절로 인다.

바람에 꺾여 널브러진 나뭇가지를 볼 때에야 비로소 녀석들에게 뇌가 없다는 사실을 떠올리곤 한다. 녀석들은 식물이기에 위협적인 대상을 만나거나 반가운 대상이 제 몸에 스치더라도 어떤 반응을 내놓지 못한다. 이를 인지하고 통제할 뇌라는 장치가 없기 때문이다.

식물뿐만 아니라 아메바나 각종 균 등의 특징 역시 뇌를 가지지 못해 조이 녀석처럼 외부 변화에 신속한 반응을 내놓지 못

한다. 그것들은 오로지 유전자^{DNA}의 계획대로 그들의 삶을 영위해간다. 그러니까 그것들은 스스로의 판단을 하지 못한 까닭에 유전자의 계획대로 생식하고 세포분열하며 이 세상에 자신을 남긴다.

그런데 이런 식물들이 놀랍게도 다른 종과 협력하며 제 몸집을 키워나가는 모습을 볼 때면 경탄이 절로 난다. 봄날이 되면 꽃들이 만발하는데, 배꽃이 만개할 즈음 배꽃은 벌을 불러들이기 위해 달콤한 꿀을 내어 놓는다. 이에 화답이라도 하듯 벌은 사뿐사뿐 날아와 꿀을 획득하고 동시에 배꽃이 수정을 하도록 돕는다. 이렇듯 배나무라는 식물은 수정을 통해 자신의 열매를 생식하고 벌들은 꿀을 얻어 식량을 도모한다. 서로 다른 종이 서로의 삶을 이어주며 공존을 만들어내는 이 아름다운 협업이 자연 속에서는 너무도 자연스러운 풍경이다.

그런데 오늘을 사는 우리 사회는 어떠한가. 이웃이 누구인지조차 알지 못하고 경쟁만을 강요하는 생존의 사회 속에서 협력과 연대는 점점 희미해지고 있다. 고립과 단절, 신뢰의 붕괴가 가속화되면서 사람들간의 친밀성도 사라져가고 있다. 그래서 현대 사회에서 외로움과 고독, 서로를 믿지 못하는 정서는 일종의 새로운 전염병^{비멕 머시의 표현}처럼 번지고 있다. 이는 정신적 고통

뿐 아니라 육체적 건강마저 위협하며 불행의 씨앗이 되곤 한다.

한 아이를 키우려면 온 마을이 필요하다.

수렵 채집하던 원시시대, 호모사피엔스들이 생태계의 정점에 설 수 있었던 이유는, 서로 마음을 열고 협력하는 법을 배웠기 때문이다. 멀리 갈 것도 없다. 근대화 이전 우리의 전통사회만 해도 향약, 두레, 품앗이처럼 신뢰를 쌓고 정을 주고받는 공동체적 관습이 살아 있었다. 갓난아이 하나를 키우는 일도 마을 전체가 함께 나눴다. 아프리카 속담이 말해주듯, 한 아이는 한 사람의 손이 아니라 온 마을의 품에서 자라났다.

이런 점을 유의한다면, 이 삭막한 시대에야말로 전통의 지혜인, 마음을 다독여주는 사회적 숨결을 다시 불러낼 때가 아닐까 생각한다. 서로를 신뢰하고 마음을 나누는 사회, 연결과 연대가 숨 쉬는 따뜻한 품을 되찾아야 한다. 식물과 곤충도 해내는 협업과 상생의 지혜를 고도의 지능을 지닌 우리가 외면할 이유가 없지 않은가. 서로에게 조용히 손을 내밀고, 다정히 등을 토닥이며, 공감과 사랑을 나누는 공동체의 마당을 다시 일구어야 할 때이다. 그 속에서 비로소 고독과 외로움의 그림자가 걷히고, 사람 사는 맛이 흐르는 사회가 다시금 피어날 것이기 때문이다.

행복과 불행이 가늠되는 전쟁터

조이 녀석과 산책을 위해 자동차도로 두 개를 건너면, 마을의 끝자락이 서서히 풀리고 공원을 감싸 도는 산길이 멀리서 손짓한다. 그 산길로 닿으려면 입구에 놓인 육교를 마지막으로 건너야 한다. 그 육교 위를 지날 때면, 아래로는 이른 아침 출근 차량들이 먼지 낀 숨을 몰아쉬며 어딘가로 향하는 풍경이 굽어보인다.

그런 어느 날, 차량이 크게 이동하지 못하고 답답하게 길게 늘어선 모습들이 보였다. 그 차량 사이를 아슬아슬하게 비집고 지나가는 건 오직 오토바이들뿐이었다. 대부분 시험장으로 향하는 학생들을 태운 듯했다.

교통경찰관들이 분주히 뛰어다녔지만 정체는 좀처럼 풀릴 기미가 없었다. 답답했던지 도로 위에 정차되어 있던 차량 문을 열고 학생들이 뛰쳐나오기 시작했다. 그들은 대입 시험을 치르러 가는 학생들이었다. 가방을 매고 허겁지겁 뛰어가는 학생, 엄마가 싸준 도시락을 꼭 쥐고 뛰는 학생 등, 많은 학생들이 막다른 시간과 싸우듯 차량 사이로 힘껏 흩어져 달렸다. 육교에서 내려 5~600미터 걷다보면 고등학교 건물이 하나 나오는데, 그곳이 바로 오늘의 전장戰場, 이들 청춘들의 고사장이었던 모양이었다.

우리나라에 대학입시는 어느새 '행사'라 불러도 어색하지 않을 만큼 국가적 차원의 의례가 되었다. 시험에 늦을 뻔한 학생들을 경찰차에 태워 보내던 풍경, 듣기평가 시간엔 하늘 길마저 잠시 멈추던 배려… 등 우리 모두는 의식해 오고 있다.

왜냐하면 이 하루가, 그리고 이 시험 한 번이, 한 인간의 평생을 결정짓는 관문이라 여겨왔기 때문이다. 행복과 불행의 경계선이 그 위에서 가늠되는 듯한 이 비장한 날, 우리 사회는 그렇게 생각하고 믿어왔다.

그런데 오늘 뛰어가는 그 학생들도 조이 같은 강아지의 원초적 감정만으로 세상과 만났던 시절이 있었다. 사실 인간이라면 누구나 엄마 품에 안겨 쾌락원칙만으로 충분했던 갓난아이의 시간을 거친다. 배부름, 수면, 놀이, 젖을 빠는 감각, 그런 가운데 온몸을 관통하던 도파민의 파도… 그 모든 행복은 지금 조이가 느끼는 만족과 다르지 않은, 아주 순수하고 투명한 기쁨들이었다.

게다가 엄마의 부드러운 목소리, 마주친 눈빛, 조건 없는 사랑의 응시까지 더해지니 아이의 세계는 무한히 따뜻했다. 이런 경험들은 무의식이라는 방식으로 아이의 뇌에 켜켜이 쌓여 갔다.

그런데 갓난아이가 첫돌을 지내고 서너 살 무렵이 되면, 아이와 엄마 사이에 서서히 '사회'라는 이름의 풍경이 끼어든다. 아이가 언어를 얻기 시작할 때와 거의 같은 시기이다. 사실 엄마 품 안에서는 말이 필요치 않았다. 욕구는 울음과 몸짓으로 충분히 전해졌었다. 그런데 이제 세상은 말을 익히라 하고 또 규칙을 배우라고 강요한다.

그 즈음, 부모와 사회는, 엄마 품을 떠나라고 아이에게 요구한다. 이제 엄마 품을 떠나 그 자리에 사회와 문화, 관습과 규범을 들여보내라고 다그친다. 그리고 엄마의 미소만으로도 완결되던 행복 대신, 사회적 성취라는 새로운 행복 조각을 좇으라고 말한다. 이렇게 인간문화와 사회는 아이와 엄마를 강제로 분리시키는데, 이것이 이른바 엄마와의 1차 분리이다.

그런데 비록 생리적 관계는 분리되지만, 그렇다고 엄마가 완전히 떠난다는 것은 아니다. 사춘기가 오기 전까지 아이는 심리적으로는 여전히 엄마와 단단히 연결되어 산다.

그러다 사춘기가 시작되면 이제 청소년 스스로 엄마에게서 한 걸음 떨어지기 시작한다. 이른바 2차 분리이다. 그 빈자리를 채우는 건 인기 연예인, 스포츠 스타, 닮고 싶은 스승, 혹은 어떤 신념들인데 바로 이 시기가 인간문화가 제대로 들어서는 순간이다.

그렇게 강아지 같던 갓난아이는 1차 분리와 2차 분리를 거쳐 어린이가 되고 청소년이 되었으며, 오늘 이 새벽엔 인간 사회문화의 거대한 강물 속으로 뛰어들기 위해 수험장으로 향하고 있다.

물론 이 사회로의 진입이 반드시 대학이라는 관문 하나뿐일 리가 없다. 그동안 학벌중심이라는 관념의 틀은 우리의 뇌를 지배했던 과거 전통으로부터 내려온 오랜 유산이었다. 이제 학벌 사회를 벗어나 대학이 아니고서도 자신의 재능에 따라 얼마든지 사회에서 인정받고 또 성공할 수 있는 사회의 건설이 매우 필요하다. 아울러 오늘 대입을 치르는 학생들도 학벌이라는 낡은 틀을 벗고 자기 성향과 재능을 바탕으로 삶을 설계해 나가길, 그래서 스스로의 행복을 찾아가길 진심으로 바란다.

내가 한곳에 멈춰 깊은 생각에 잠겨 있자, 조이 녀석은 끝내 그
것을 참지 못하고 나를 산길 쪽으로 잡아끈다. 강아지 같던 고3
학생들은 엄마와의 1·2차 분리를 지나 또 다른 관문으로 달려가
고 있건만, 이 녀석은 아직도 강아지의 세계에 머문 채 오직 숲
으로 달리고 싶어 몸부림친다.

바삭한 낙엽이 발밑에서 부서지는 전형적인 가을 산길에서,
나는 결국 녀석의 힘에 이끌려 숲속 깊숙이 들어선다. 한잎 두잎
흩날리는 가을 잎자루 속에서이다. 그 낙엽을 맞으며 우리는 천
천히, 그리고 꾸준히 숲 속으로 스며들어 간다.

호수의 고요함은 도시의 시간을 허문다

금광호수는 숨김이 없다. 호수 입구에서부터 강호에서 품어내는 수려한 자태와 섬에서 발산하는 초원의 빛이 보는 이를 당황하게 만든다. 호수위에 두둥실 떠있는 숲섬, 연기가 모락모락 피어오르는 듯한 조각구름, 맨살을 드러낸 강호의 각선미가 나와 조이의 눈을 부시게 한다. 거리낌 없이 자신의 미를 한껏 뽐내는 태도는, 보는 이로 하여금 볼 테면 보라는 기세다. 당당하다. 하늘을 찌를 것 같은 위세가 찬란하다. 배려와 여유의 여백을 그릴 공간이 마땅치 않아 아쉽다. 동動한 마음을 붙들어 놓지 않으면 길섶에 수놓은 잡초며 꽃과 나무를 쉬이 알아차리기 쉽지 않다.

세상의 화려한 성공과 욕망의 시원始原을 보는 듯하다. 세계 초일류로의 도약, 빠른 성장의 신화, 화려한 스펙의 위세가 호수의 그것과 크게 다르지 않다. 그런 급히 성취해 낸 발전과 성공의

밑바닥에 깔려있는 촘촘히 짜인 경쟁 사회구조, 치열한 조기교육 등은 우리의 호흡을 고르지 못하게 만든다.

마둔호수는 사뭇 다르다. 호수 입구라고 해보았자 동네 양어장처럼 소박하게 느껴질 정도로 호수는 자신의 모습을 좀처럼 드러내지 않는다. 보는 이의 마음을 가볍게 한다. 초입이 지대가 낮고 옴푹 들어간 데다 호수 둘레에 미류나무, 단풍나무, 플라타너스의 묵직한 몸체가 호수의 속살을 가리고 있어서이다. 덕분에 주위에 펼쳐있는 잎갈나무, 소나무, 밤나무, 미류나무, 벚나무, 단풍나무, 플라타너스가 잎새를 흔들어대며 기뻐하는 소리를 만끽할 수 있다. 산림에서 메아리쳐오는 뜸북새의 울음소리가 강가를 더욱 아늑하게 만든다. 한 낮에 호수의 고요함은 도시에서 흐르는 시간을 허문다.

호수 변을 따른 에움길을 한참 들어와 호수 가운데 자락이 보일 무렵에 호수는 아련히 다가오고 그 맵시를 드러내기 시작한다. 이내 호수는 은자隱者가 강호에서 배를 타고 유유히 건너올 것 같은 잔잔한 풍치를 드러내며 풍객을 놀라게 한다. 그러나 그것도 잠깐이고, 호수는 더 이상 자신의 미를 자랑하지 않는다. 논과 밭과 살여울과 산림에게 자신의 지위를 양보하며 이내 자리에서 일어선다.

　　금광호수와 마둔호수는 직선거리로 불과 3~4킬로미터도 채 넘지 않아 양 호수는 매우 가까운 거리에 위치해 있다. 그런데 불행히도 두 호수를 바로 질러가는 길이 없는 까닭에 사람들이 양 호수를 오가려면 직선거리보다 서너 배나 먼 면사무소를 통하는 길로 돌아가야 한다. 빼어난 강호사이에 무림산중이 버티고 있는 까닭이다.

　　무림을 넘는 길이 험하다는 사람들의 말에 모험심이 섰다. 이제나 저제나 망설이던 차에 마을사람에게 자세한 설명을 듣고 결심했다. 양 호수간의 거리에서 평지를 뺀 산중은 불과 3킬로미터 정도밖에 걸쳐있지 않을 것이다. 한운천에서 출발하여 고개를 걷고 재를 넘으면 마둔호수에서 은자가 나를 반길 것이다.

　　봉역골을 넘어 갈 생각으로 마을회관 못 미쳐 한운길에서 출발한 나와 조이 녀석은 지름길로 가기 위해 오솔길을 벗어나 하늘을 가린 울창한 숲속으로 들어섰다. 그런데 불과 20분도 채 지나지 않아 길을 잃고 말았다. 쓰러져 있는 나무들이 숲에 여럿 나뒹굴어 있고 거친 잡풀이 우리 앞을 가로막았다. 까마귀가 나뭇가지를 스치며 후드득 내는 소리만이 간간히 들릴 뿐 인적은 느낄 수 없었다. 적막한 산중이 나를 긴장하게 했다. 다시 돌아가고 싶어도 방향이 잡히질 않아 돌아갈 수도 없었다. 마을사람에

게 설명을 들었던 산 지형과 산길 메모도 모두 무형지물이었다.

"구름 한 점 없이 청명한 이 하늘아래, 그것도 멀리서 아늑하고 평온해 보였던 이 녹림이 나를 그냥두지 않는구나."

후회와 조바심이 교차하며 깜박거리고 있던 내 눈에 하늘과 숲이 물감으로 색칠한 모양 누렇게 보였다. 미궁 속에 나와 조이 녀석만이 놓여 있다는 생각으로 두려움이 엄습해 왔다. 곳곳에 피어오른 덤불숲이 우리를 꽁꽁 묶어 놓았다.

고압선을 연결하는 철탑이 멀리 보였다. 희미한 자욱 길도 찾을 수 있었다. 도토리를 줍고 버섯을 캐러 온 사람들의 체온이 남아 있는 길이었다. 안도감이 찾아왔다. 사람들의 발걸음으로 다져진 흙길이 무척 반가웠다. 위로가 되었다. 눈에 익은 미류나무 두 그루가 호수물결을 드리우며 눈앞에 나타났다. 마둔호수가 나와 조이를 허락한 것일까. 눈물겨운 평온이 깃든 순간이었다.

꿈에서 우리는 타자의 권력에 휘둘린다

반려견 조이 녀석은 집에 머무는 동안 대부분을 잠으로 보낸다. 어두운 밤은 말할 것도 없고 한낮의 밝은 햇살 아래에서도 녀석은 어김없이 어둠을 찾아든다. 자기 집, 소파 밑, 현관 구석, 화장실의 캄캄한 공간⋯ 그런 곳에서 조이는 몸을 웅크리고 조용히 꿈의 세계로 미끄러져 들어간다.

그렇게 단잠에 곤히 빠져있는 녀석이 가끔 눈을 번쩍 뜨고 대문으로 손살 같이 뛰어가며 큰 소리로 짖을 때가 있다. 그럴 때면 나는 온라인으로 주문한 물건이 대문 앞에 놓여 있다는 사실을 암시받는다. 그땐 내가 물건을 들고 오는 척이라도 해야 녀석은 비로소 마음의 평안을 찾고 제 자리로 돌아간다.

그런데 대문 바깥이나 집안 내부에서 어떠한 소음도 없이 조용한데도 단잠을 자던 녀석이 짖거나 끙끙대며 옹알거리는 소리를 낼 때가 있다. 처음엔 이게 뭔가 싶었다. 그런데 한참 지나서야 알 수 있었는데, 그때 녀석은 우리 인간처럼 꿈을 꾸고 있었다.

소파위에 누워있는 녀석의 꼬리가 움직인다거나 눈꺼풀과 수염이 씰룩거리기도 하고 또 소파 위 허공에서 녀석이 걷는 발동작을 짓노라면, 그것은 아마 드넓은 공원 잔디에서 뛰어다니며 노는 꿈이라고 짐작하곤 한다. 좀 더 상상력을 발휘해본다면, 녀석이 광활한 우주를 혜성처럼 달리다가 별똥별이 되어 지구로 내려오는 꿈일지도 모르겠다는 생각도 든다.

그것 말고도 녀석이 워낙 냄새 맡기를 좋아하기 때문에 녀석의 꿈은 녀석이 좋아하는 어떤 냄새로 가득 차 있지 않을까를 생각해보기도 한다. 또 녀석의 꿈 대부분은 나와 산책을 나가는 꿈이거나 나와 함께 노는 꿈 혹은 우리 식구와의 상호작용을 하는 꿈을 꾸는 게 아닌가 생각도 한다.

사실 꿈이라면 우리 인간 역시 매일 그것도 수도 없이 꿈꾸며 살아간다. 다만 우리에게는 시각적인 꿈이 대부분인 것이고 조이 녀석에게는 냄새와 관련된 꿈이 많다는 점이 다를 뿐이다. 이렇게 우리 역시 매일 매일 꾸는 꿈이지만 꿈이라는 것이 정확하게 무엇인지 과학적으로 또 논리적으로 완전하게 해명되거나 밝혀진 것은 아직 없다. 그러므로 예로부터 꿈은 신비의 대상이

거나 꿈의 해몽에 집중해서 미래를 예견하는 등 신화적이거나 점술적인 측면이 상당히 부각되어 온 것도 사실이다.

　하지만 소크라테스 등 그리스 철학 전통에서는 꿈에 대해 도외시했다. 이성적인 관점에서 보자면 비논리적이고 파편적이며 또 일관성도 없는 꿈에 대해 사유하거나 분석하여야 할 가치를 못 느꼈기 때문이다. 그러나 19세기 말, 이성의 시대가 균열을 맞고 감정과 무의식이 중요성을 얻기 시작하면서 비로소 꿈을 과학적으로 관찰하는 시도가 등장했다. 그때부터 꿈은 인간 정신을 이해하는 열쇠로 새롭게 태어나기 시작했다.

　꿈은 무의식이 향연처럼 드러낸 활동이다. 지그먼트 프로이드

1899년에 가서야 최초로 꿈을 체계적으로 관찰하기 시작한 프로이드가 한 말이다. 이 말은 정신분석학에서 보면 제2의 코페르니쿠스적인 발견이라 아니할 수 없다. 그동안 사유세계에서나 과학계에선 꿈의 활동이나 그 분석을 비과학적이라고 철저히 무시해 왔을 뿐 아니라 그것과 긴밀히 관계되어 있는 무의식 세계 역시 엄격하게 배제해왔던 그런 척박한 환경을 떠올려보면, 프로이드의 저 발언이 우리의 의식을 일거에 바꾼 혁명적인 발견이라 해도 전혀 놀랄 일이 아니기 때문이다.

이제 꿈에 대한 프로이드의 말을 빌려, 푸틴을 예를 들어 얘기를 더 풀어가도록 해보자. 의식과 이성이 지배하는 현실 세계에서 가장 막강한 권력과 막대한 부를 쥔 인물을 꼽으라면 많은 이들이 푸틴을 떠올릴 것이다. 그러나 그조차 잠들어 꿈을 꾼다면 우리와 전혀 다르지 않는 환경에 놓여 있게 된다.

무의식이 지배하는 꿈속에서 그의 권력은 의미를 잃는다. 오히려 현실에서 권력에 집착할수록, 마음 깊숙한 어둠이 꿈속에서 더욱 흉측한 형태로 나타날 가능성이 있다. 꿈에서는 욕망과 공포가 제멋대로 춤을 춘다. 절대 권력자도 그 세계에서는 타자의 힘에 휘둘리는 약자가 될 수밖에 없다. 무의식 세계가 지배하기 때문이다.

꿈의 세계는 시간성도 공간성도 없고 중력도 없다.

톰고양이이 제리쥐를 급히 쫓다 자동차에 깔려 톰의 몸이 완전히 거덜 날지라도 톰이 아무 일 없는 양 태연히 살아나서 움직인다거나, 제리를 쫓아가다 제리가 재빨리 피하는 바람에 절벽에 떨어질 뻔한 톰이 절벽에 떨어지지 않고 수평으로 길게 늘어뜨린 모습을 우리는 애니메이션 만화에서 볼 수 있는데, 이런 장면이 바로 꿈의 세계를 지배하고 있는, 시간성도 공간성도 중력도 없는 무의식세계와 매우 닮아있다.

그런데 꿈에서 깨어 의식세계로 돌아오게 되면, 절벽에 걸쳐 있던 톰은 중력의 지배를 받게 되어 곧바로 절벽 아래로 추락하고 만다. 현실의식세계의 통제를 받기 때문이다. 꿈에서 돌아가신 부모님을 만난 경우거나 혹은 나이가 중년이 되었는데도 여전히 초등학생이 되어 학창시절을 재연한 경우 또 가파른 낭떠러지인데도 가볍게 낭떠러지를 내려가는 장면 등도 의식세계에서의 시간성이나 중력 작용이 전혀 가동되지 않기 때문이다.

이렇듯 꿈은 의식세계에서 억압되거나 가려졌던 기억들, 갓난아이 시절의 쾌락과 두려움, 잊힌 감정의 파편들이 무의식 속에서 복원되는 것이다.

그러니 꿈을 보고 미래를 예견한다거나 그 해석에 기대어 삶의 방향을 정하는 것은 결국 바람 같은 일이고, 장난스레 웃고 넘어갈 소재가 될 뿐이다. 다만 꿈이라는 창을 통해 지금의 마음 상태를 들여다보는 데에는 분명 의미가 있다. 꿈의 파편 속에서 현재 자신의 감정과 심리적 위치를 확인할 수 있어, 행복과 불행 사이 어딘가에서 부드러운 시간을 얻는 작은 실마리 하나쯤은 얻을 수도 있기 때문이다.

오만한 강아지의 똥구멍 힘

조이 녀석과 산길을 오르다보면 숲속의 셀 수 없이 많은 생명체들과 마주한다. 이곳에서 조이는 식물과 동물을 대하는 태도가 극명하게 갈린다. 식물을 바라볼 때면 녀석은 조금의 경계도 없이 평온한 얼굴로 다가간다. 움직임이 거의 없는 식물이라 경계를 늦추는 것이라 생각할 수도 있겠지만, 그보다는 풀숲과 나무에서 뿜어져 나오는 미세한 냄새 분자들이 조이를 안심시키고, 어쩌면 기쁨까지 선사하기 때문인지 모른다.

특히 조이는 나뭇가지에 돋아난 푸른 잎을 매우 좋아한다. 푸른 잎 사이에 코를 묻고 흠뻑 냄새를 들이마시는 모습은 마치 우리가 산속의 공기를 깊이 들이키며 상쾌함을 맛보는 것과 매우 닮아있다. 과학적으로 규명하기는 어렵지만, 그 잎에서 풍기는 알 수 없는 향이 조이에게 작은 행복이 되어주는 모양이다.

하지만 동물에 대한 녀석의 반응은 사뭇 다르다. 눈앞에서 움직이는 생명체를 보면, 조이는 반드시 뒤쫓으려는 본능을 드러낸다. 산비둘기, 다람쥐, 까치, 산토끼 같은 작은 동물들을 보면 주저 없이 달음박질을 시작한다. 그것들을 해치려는 악의라기보다, 조이의 몸 속 어딘가 깊은 곳에 새겨진 사냥의 본능이 녀석의 숨을 깨우는 듯하다.

비슷한 크기의 들고양이를 보아도 마찬가지이다. 조이는 곧장 뒤쫓으려고 하고, 나는 혹시 모를 마찰을 피하고자 서둘러 녀석을 제지하곤 한다.

이와 달리 녀석은 같은 종의 개를 만나면 완전히 다른 태도를 취한다. 아주 작은 강아지를 보더라도 일단 걸음을 멈춘다. 긴장한 듯 보이기도 하고, 상대를 세심히 살피려는 듯 보이기도 한다. 체중이 비슷한 6~7kg 정도의 개를 보아도 마찬가지이다. 일단 멈춰 서서 천천히 다가가 냄새를 주고받으며 비로소 서로를 인정하는 듯한 작은 상견례를 치른다. 이 대목에서 나는 항상 궁금한 생각이 인다.

녀석은 어떻게 개와 다른 동물을 정확히 구분해 내는 것일까?

비슷한 체격의 고양이와 헷갈려도 전혀 이상할 것이 없는데,

조이는 즉각 같은 종이 아님을 알아차린다. 인간의 인식과 견주어도 뒤처지지 않는 분별력이다.

게다가 1~2kg밖에 되지 않는 작은 강아지라도 30~40m에서 발견하는 즉시 멈춰 서는 것을 보면, 조이는 그 거리에서도 '같은 개'라는 사실을 인지하는 듯하다. 덩치가 커서 두려움을 줄만한 개를 만나도, 조이는 그 또한 개라는 사실을 바로 알아차린다.

이런 경험을 자주 겪다보니, 나는 궁금해 스스로 묻곤 한다. 조이의 인식 능력은 타고난 것인가? 반복된 경험의 결과인가? 아니면 녀석의 뇌 속에도 인간처럼 플라톤의 이데아적 개상개의 표준 이미지을 갖고 있는 건 아닐까?

얘기를 좀 더 확장시켜서 보자. 그렇다면 인공지능AI은 강아지와 고양이를 구분해 낼 수 있을까.

알파고가 바둑의 일인자였던 이세돌 9단을 거뜬히 이겼을 때, 우리는 충격과 함께 두려움을 느꼈다. 수백만 장의 사진과 정보를 학습해 강아지와 고양이를 분류하는 AI의 능력 역시 우리를 놀라게 하고 있다.

이제 공장의 자동화 라인, 자동차의 자율주행, 챗 GPT, 식당의 서비스 로봇까지, 인공지능은 이미 우리의 일상 곳곳에 스며들었다. 이런 기술들을 과학자들은 '약한 인공지능^{weak AI}'이라 부르고 있다.

약한 AI는 인간에게 위협을 가하기보다는 편리를 제공하는 존재로 여겨진다. 뛰어난 정보처리 능력을 갖추었을지언정 인간의 인지 능력에는 도달하지 못한다. 강아지의 사물 인식 능력에도 미치지 못한다. 수많은 식물과 동물을 구분해내는 인간의 능력, 인간이 지닌 감성, 그리고 "나는 생각한다, 고로 존재한다."는 데카르트의 자아 개념 역시 약한 AI에게는 아직 먼 이야기이다.

그런데 기술적 특이점 시대가 도래 한다면?

문제는 강한 인공지능^{strong AI}, 혹은 범용인공지능^{AGI, artificial general intelligence}이 등장하는 순간이다. 이 인공지능은 강아지나 인간처럼 각종 나무와 모든 꽃들, 풀들, 또 강아지와 고양이, 다람쥐, 참새, 산비둘기 등을 정확히 구분할 능력을 갖춘다. 게다가 인간의 지능과 인지능력 또 감성능력에 더해 데카르트의 자아의식까지 갖춘 존재이다. 더불어 인간의 능력을 고스란히 재현하는 데 그치지 않고 오히려 그 능력을 앞지를지도 모른다.

그 순간부터 인간의 역사와 서사는 전혀 다른 모습으로 전개

될 가능성이 크다. 이 강한 인공지능은 인간의 도움 없이 스스로를 개선하고, 게다가 스스로보다 더 뛰어난 초^超 인공지능을 만들어낼 수 있다. 그때가 되면 인간은 그 진화의 흐름에서 점차 배제될 것이다. 이것이 바로 AI가 기술적 특이점 Technological Singularity, 인공지능이 인간 지능을 넘어서는 시점을 넘어서는 단계이다.

이 시대가 오면, 인간과 인공지능의 격차는 상상할 수 없을 만큼 벌어질 것이다. 그렇게 되면 인공지능과 인간의 차이는, 갓난아이와 성인의 차이만큼이나 극명할지도 모른다. 조이와 나 사이의 인식·지능·의사소통 능력의 격차만큼이나 확대된다고 상상해보면 된다. 인간의 시대가 저물어가는 듯한 암울한 전망이 아닐 수 없다.

이런 초 인공지능의 시대가 도래한다면, 그들, AI들은 틀림없이 인간에게 이렇게 묻고 싶어 할 것이다.

"인간 너희들이 이 지구상에서 존재할 근거가 뭔가?"

우리가 그토록 신봉해온 "인간은 고귀한 존재이다." 혹은 "인간은 만물의 척도이다." 라는 말은, 인간보다 뛰어난 지능과 자아를 갖춘 존재, AI앞에서는 설득력을 잃어버릴지도 모른다. 그리고 이에 더 발전한 AI들은 인간을 꾸짖는 수준을 넘어, 인간을 한낱 하찮은 짐승처럼 여기는 일도 어렵지 않게 상상할 수 있다.

오만한 강아지의 똥구멍 힘과 다를 게 뭔가?치누아 아체베

치누아 아체베의 소설 〈신의 화살〉에서, 아프리카 사제인 주인공 에제울루가 자신이 한 부족의 사제지만 농사를 짓는 일 등 일상에서 아무런 힘을 발휘하지 못한 자신의 처지를 한탄하며 보잘 것 없는 강아지를 비유 들어 했던 말이다. 먼 훗날 고도로 발전된 AI가 인간들을 바라보며 에제울루가 독백했던 그 비아냥스런 말을 인간들을 향해 고스란히 돌려주지 않을까 하는 생각도 조심스럽지만 예견해 볼 수 있다. 이렇게.

"우리에게 도전해 보려는 인간들의 짓거리라는 게 결국 보잘 것 없는 자신의 방귀로 화롯불을 꺼 보겠다고 설치는 오만한 강아지의 똥구멍 힘과 무엇이 다르단 말인가. 자신의 똥구멍 힘으로 화로에 있는 불을 꺼보겠다고 덤벼드는 오만한 강아지 같은 인간들이라니!"

우울증에 시달릴 땐 몸에 힘을 빼고

반려견, 조이 녀석을 입양한지 일 년도 채 안된, 시간이 한참 지나간 얘기이다. 그 해 우리 가족은 열흘 동안 해외여행을 떠나야 했고 그 기간 동안 조이를 집에 홀로 둘 수 없어 급히 애견호텔을 알아보았다. 인터넷 검색으로 찾은 곳에 조이를 맡기고 나서야 우리는 안도하며 여행길에 올랐다.

귀국하던 날, 밤늦은 시간에 애견호텔에 들러 조이를 데려와 집에 도착했고, 짐을 대충 정리한 뒤 우리는 녀석과 함께 잠을 청했다.

그리고 다음 날도, 또 그 다음 날도 나는 조이가 이상하다는 낌새를 도무지 알아차리지 못했다. 반려동물에 대한 경험도, 지식도 별로 없던 때라 그랬다. 삼일 째 되는 날이 되어서야 조이가 거의 짖지 않고 먹을 것을 조르지도 않으며 움직임조차 뜸해 혼자 웅크린 시간이 대부분이라는 사실을 깨달았다. 홀쭉해진 모습도 눈에 들어왔다. 그래도 나는 그저 환경이 바뀌어 적응하느라 그런 것이라며 조이를 더 안아주고, 더 쓰다듬어주면 곧 예전 모습으로 돌아오리라 믿었다.

그리고 일주일쯤 더 흐른 어느 날, 조이를 데리고 산책을 나갔다가 애견놀이터에 들렀다. 목줄을 풀어 친구들과 놀게 하고 다른 견주들과 이야기를 나누던 그때 나는 충격적인 이야기를 들었다. 우리가 여행하던 열흘 동안 조이는 쇠로 만든 좁은 닭장 같은 곳에 갇혀 있었다는 것에, 또 답답함에 짖기라도 하면 직원이 몽둥이로 철창을 두드리며 겁을 줬고, 그래서 제대로 먹지도 못했다는 추정까지 가능한 이야기였다. 내가 맡겼던 그 애견호텔은 이미 견주들 사이에서 악명이 자자한 곳이었다.

그러니까 열흘 동안 강압과 공포에 시달린 어린 조이는 깊고 어두운 우울의 터널로 들어 가버린 것이다. 그 시절을 떠올리면, 8년이 넘은 지금도 마음 한구석에 죄스러움이 그림자처럼 남아 있다. 그 우울한 시간이 두어 달이나 이어졌던 기억이 아직도 뚜렷이 남아 있다.

이와 같이 이런 조이가 겪은 이 우울은, 불행히도 우리 인간에게도 여지없이 스며온다. 인간에게서의 우울증은 인간관계의

끊김, 사회적 유대관계의 단절로 인해 스스로의 철창에 갇혀 몸에서 발산하는 현상이다. 이 우울증은 자신의 느낌 그 자체만을 몸에서 반영하는 현상이라서 아주 고약하다.

대개 외로움을 지혜롭게 대처하지 못한 경우 우울증으로 넘어가게 되는데, 일테면, 폐쇄적인 사람, 대인관계를 아예 기피한 사람은 우울증을 의심해 볼만하다. 그런 사람들의 특징은 모든 의욕이 꺾여있을 뿐만 아니라 스스로 자신을 무감각하게 하고 또 스스로를 냉담하게 만든다. 이 외로움과 우울증의 교집합을 꼽으라면 사회성이 망가진 것 그리고 자기조절 능력이 현저히 떨어진 것이라고 볼 수 있다.

이런 외로움, 우울함 등의 심리적 압박은 상상을 초월한다. 그래서 우울한 고통의 시간은 더디게 흐른다. 더욱이 우울증에 심

하게 걸린 사람들에게는 시간마저 제대로 흐르지 않는다. 고통의 중력이 너무 강해 시간감각마저 멈춰 세워 버리기 때문이다. 그래서 자신에게 찾아온 괴로움, 고통, 아픔은 끝나지 않을 것 같은 절망의 늪에 더욱 빠지게 된다. 이렇듯 우울증에 빠진 사람은 마치 온 우주를 자신의 등에 지고 가는 아틀라스처럼 엄청난 고통의 무게에 짓눌려있다.

우리 스스로 우울증에서 탈출하는 방법은 있을까?

먼저 몸에 힘을 빼고 광장으로 나와 사람의 손을 잡도록 노력해본다. 우울증에 걸릴 때 가장 시급한 것은 스스로 내면의 감옥에서 자신을 구출하는 일이다. 닫힌 방에 갇힌 몸을 억지로라도 끌어내어 열린 공간에 서 있는 타인의 손을 잡는다. 그 손을 잡는 행위가 바로 사랑이다. 사랑은 고립된 자신을 세계로 끌어내는 힘이며, 우울은 열린 공간에 있던 자신을 역방향인 밀폐된 공간으로 몰아넣는 행위이다.

다른 하나로는 소소한 일상에서 또 삶의 한 가운데에서 뭔가 깨우침을 느끼고 감탄해보는 일을 겪어본다. 일테면 텃밭을 가꾸거나 화분에 식물을 키우며 생명의 탄생과 매일매일 성장하고 발전해가는 그 신비로움에 경탄을 자아내본다.

또 한편으로는 그림을 감상하면서, 또 여행에서 아름다운 광경을 보거나, 새로운 삶을 체험하면서, 또 다양한 책이나 종교서적을 읽고 새로운 어떤 것을 깨달으며 감탄을 유발해 신선한 감정 호르몬을 불러 일으켜본다.

이마저도 힘들면 마지막 남은 약, 웃음을 복용한다. 비록 억지로라도 웃음을 지으면 굳어 있던 마음의 얼음이 아주 조금씩, 아주 느리게 그러나 분명히 녹아들기 시작한다. 그러다보면 우울은 그렇게 빛의 속도는 아닐지라도 물의 속도로, 봄눈 녹듯 서서히 사라지리라 생각한다.

벌통에 토종벌이 사라졌습니다

칠팔 년 전, 어느 봄날이었다. 시민사회운동을 함께하며 자주 만난 스님을 만나러 반려견, 조이 녀석과 함께 운수암에 자주 들릴 때였다. 잦은 황사, 때 아닌 장맛비, 이상 저온과 고온으로 점철된 그해의 이상한 봄은 5월이 되자 싱그러운 신록이 들과 산을 짙게 드리웠다. 산사 주차장에 차를 세우고 500여 미터 되는 산사 진입 길을 조이 녀석과 함께 걸어 들어갔다. 푸른 초록 나무 가지들 위에 걸터앉아 흥얼거리는 산새의 노랫소리가 산사의 고요함을 깨우고 있었다.

조이 녀석을 마당에 놀게 하고 나는 스님께서 내어 준 황차를 마신 자리에서 귀한 법문 말씀으로 가르침을 달라했다. 스님은 깊은 생각에 잠기더니 작년에 이어 같은 얘기를 다시 꺼내 놓았다.

"비로전 뒤편 자락에 차지하고 있던 여러 벌통과 토종벌이 재작년 모두 사라졌습니다. 그래서 혹시나 하는 마음에 대여섯 개의 벌통을 그대로 두고, 올 봄에도 돌아오지 않는 벌들을 기다리고 있습니다."

스님의 눈빛에는 여전히 희망이 붙들려 있었다.

"날아다니는 소리를 들어보면 꼭 꿀벌 날개 짓 하는 소리하고 똑 같이 들려요. 반가운 마음에 나가보면 나방이며 여러 곤충들만이 꿀벌들을 대신해 둥지를 틀고 있어요. 꿀벌 집단 탈출에는 무선 전화 전자파가 관련이 있다고들 하네요. 응애와 살충제, 대지와 대기오염, 기생충과 바이러스 감염…… 그동안 우리 인간은 너무 앞만 보고 달려왔습니다. 이제는 탐욕을 내려놓아야 할 때입니다."

한국토봉협회가 내놓은 토종벌 전망도 마음을 어둡게 만든다. 머지않아 우리 토종벌이 모두 사라질 것이라는 예측이었다. 미국에서 일어난 벌집군집붕괴현상CCD Coiony Collapse Disorder은, 어쩌면 우리 토종벌 실종 사건의 서곡이었는지 모른다. 알버트 아인슈타인은 꿀벌이 사라지면 4년 안에 인간도 멸종할 것이라 경고한 바 있다. 자연의 순리를 거스른 인간의 욕망은 이제 종착역에 다다른 듯한 씁쓸한 현실이 우리 앞에 놓여 있는 것이다.

3억년의 역사를 갖고 있는 벌은 거주한 시간으로 보면 인간보다 한참 터줏대감에 속한다. 이 벌은 개미와 함께 곤충강의 한 목으로서 둘 다 벌목目으로 분류된다. 날개는 막성으로 얇고 투명하며 암컷의 꼬리 끝에는 산란관 또는 그것의 변형인 독침이 있다.

이들 개미나 꿀벌은 인간처럼 고도로 발전된 사회생활을 하고 있다는 점이 다른 생물과 큰 차이를 보인다. 꿀벌가家는 평생 알을 낳는 여왕벌, 애벌레를 키우고 집을 짓고 꿀과 화분을 수집하는 일벌, 처녀 여왕벌과 짝짓기를 하는 수벌로 이루어져 고도의 역할 분담으로 그들 나름대로 민주사회를 구현해 내고 있다.

꿀벌이 자연 생태계뿐만 아니라 우리 인간에게 주는 혜택은 말로 표현하기 힘들다. 과수, 원예, 채소 등 식물이 수정활동을 할 수 있도록 도와 과일 채소 등 우리에게 먹을거리를 제공한다. 벌화분Bee-pollen, 프로폴리스, 로열젤리 등 다양한 천연건강식품도 우리에게 선물하고 있다.

스님은 왜 내게 법문을 주지 않고 꿀벌실종 얘기만 했을까. 스님과 인사를 나누고 조이 녀석과 함께 내려가는 길목에 서서

다시 산사를 올려 다 보았다. 산사는 세속의 고[苦]를 비켜서려는 듯 산속 깊이 들어가 있었다. 이 산사는 땅, 하늘, 자연과 한 몸을 이루려 애쓴 흔적이 곳곳에 배어있다. 산사 지붕은 암키와가 수키와 밑에 놓여 기왓골을 형성해 산림의 곡선과 절묘한 조화를 이룬다. 산사 하단은 석단 틀로 다져 자연의 땅과 합일을 도모하고 있다.

그런데 평화로운 이 산사에 소리 소문도 없이 토종벌이 통째로 사라져 버렸다. 생명의 공간이 좀먹은 것이다. 자연이 받은 상처가 꽤나 깊은 듯하다. 식물의 수정에도 비상이 걸렸다. 자연은 흐르는 눈물을 감춘 듯, 푸른 초목으로 하늘을 가리며 여전히 사람들에게 장밋빛 희망을 속삭인다.

또한 울창한 숲을 이룬 고목은 다가올 여름의 풍요로움을 예견해 주는 듯 사람들을 들뜨게 한다. 각성을 마음깊이 새기지 않으면 들뜬 마음에 자연과의 소통이 끊어질 판이다. 오히려 자연이 아낌없이 베풀 것 같은 장미 빛 희망에 빠지기 십상인 오월의 계절이 마냥 다가오고 있다.

반려견, 조이의 행복은 코를 통해 시작된다.
사람의 행복은…

아빠, 산책할 시간이에요

초판 1쇄 인쇄 2026년 04월 24일
초판 1쇄 발행 2026년 05월 01일

지은이 정재흠
펴낸이 박미이
펴낸곳 도서출판 말모이
마케팅 이설현 정우혁
디자인 강지우
사진 정준혁
등록번호 제2019-000021호(2018년 9월 3일)
주소 서울특별시 마포구 삼개로 16
전화 02-712-1123
팩스 031-947-1123

ISBN 979-11-964851-2-2(03810)

2026 by Malmoi Publishing Co. 2026, Printed in Korea